COUP DE SANG

— MISTER AVRIL —

J. KENNER

AUTEURE DE BEST-SELLERS CLASSÉS AU NEW YORK TIMES

T'envoûter

L'HOMME DU MOIS

Qui sera votre Homme du mois ?

Lorsqu'un groupe d'amis à la détermination farouche apprend que son bar préféré risque de fermer ses portes, ils prennent les choses en mains pour faire revenir les clients séduits par la concurrence. Investis d'une énergie vibrante, ils ripostent sous la forme d'épaules larges, de tablettes de chocolat et de torses nus : ceux d'une douzaine d'hommes du coin qu'ils tentent de convaincre, par la douceur et par la force, de participer au concours de l'Homme du mois pour leur grand calendrier.

Mais le sort de leur bar n'est pas le seul enjeu. Au fur et à mesure que la température monte, chacun des hommes va rencontrer sa moitié dans cette série de douze romances sexy et légères que vous ne pourrez pas lâcher jusqu'à la dernière page, sous la plume de J. Kenner, auteure de best-sellers classés par le New York Times.

— Chacun de ces tomes aborde une intrigue qu'on

adore retrouver dans les romances – la belle et la bête, le bad boy milliardaire, l'amitié transformée en amour, l'histoire de la seconde chance, le bébé secret et bien plus encore – pour une série qui touche au cœur et à l'âme de la romance. — Carly Phillips, auteure de best-sellers classés par le New York Times

Ne manquez aucun tome de la série pour savoir à quel homme du mois ira votre préférence !

Droit au cœur - Mister Janvier
Vague à l'âme - Mister Février
Raison d'être - Mister Mars
Coup de sang - Mister Avril
État d'âme - Mister Mai
Droit au but - Mister Juin
Au beau fixe - Mister Juillet
Diable au corps - Mister Août
Cri du cœur - Mister Septembre
Corps à corps - Mister Octobre
État d'esprit - Mister Novembre
Force d'âme... - Mister Décembre

Chaque tome de la série est un roman indépendant qui ne laisse pas le lecteur sur sa faim et se termine toujours bien !

COUP DE SANG

MISTER AVRIL

J. KENNER

M&O

Traduit de l'anglais par Catherine Tessier pour Valentin Translation

UN

— *Bonjour, Austin !* beugla Nolan dans le micro, imitant Robin Williams avec brio. Il est six heures du matin, c'est mercredi, et si vous pensiez vous être levés suffisamment tôt pour éviter les embouteillages, vous êtes encore plus timbrés que moi. C'est de la folie dehors, mais ce n'est pas grave, parce qu'ici aussi, c'est de la folie. Vous pouvez compter sur moi pour rendre votre trajet un peu plus dingue, que vous traversiez la rue ou la ville tout entière.

Actionnant un levier sur sa table de mixage, il déclencha le générique de *La Quatrième Dimension* puis il se pencha en empruntant une voix grave à la Rod Serling :

— Bienvenue dans la dimension entre la comédie et la bêtise, entre l'humour et l'idiotie. C'est ça, les amis. Je suis votre animateur préféré, Nolan Wood, et vous écoutez...

Il marqua une pause pour un petit effet théâtral

tandis que son producteur, Connor, augmentait la réver-
bération du son, avant de rappeler le nom de son
émission :

—... *Wood Matin.*

Il était resté debout en parlant – ce n'était que six
heures du matin, mais Nolan était toujours plein d'en-
train avant une émission et il y mettait toute son énergie,
le pas sautillant –, mais il se laissa retomber sur son
fauteuil à roulettes. Il recula vers la paroi de son petit
studio vitré tandis que Connor déclenchait l'effet sonore
intitulé *Satisfaction*, petit jingle que Nolan avait concoc-
té : des applaudissements allaient crescendo tandis
qu'une voix de femme comblée susurrait : « Oh,
Nolan ! »

Puis on enchaînait avec le générique de l'émission,
qui se terminait par l'annonce enregistrée par l'une des
voix iconiques de la station : « Vous écoutez *Wood Matin*
sur K-I-K-X Austin, *kicks FM*, au 96.3. Musique classique, mais aucune classe, avec Nolan Wood. »

Dans une cadence aussi fluide qu'un rapport sexuel
langoureux, Nolan reprit le micro, tout son corps vibrant
d'énergie alors qu'il retrouvait son rythme de croisière :

— Debout, les campeurs, c'est une belle matinée de
mai. Le soleil brille. L'herbe est verte. Les oiseaux
chantent. Et il y a un bouchon monstre sur Mo-Pac en
direction du sud, près de la sortie Ouest. Sortez le plus
tôt possible, parce que ce n'est pas joli-joli. Si vous n'avez
aucun itinéraire alternatif, eh bien, j'espère que vous
aimez votre tableau de bord, parce qu'à part le coffre de

la voiture de devant, vous ne verrez rien d'autre tant que vous n'aurez pas quitté cette autoroute de l'enfer. Pour rester dans le thème, je vous propose *Highway to Hell* d'AC/DC. Ça va vous réveiller et tout ira mieux, vous verrez.

Aussitôt, Connor enchaîna avec le morceau annoncé et Nolan leva les yeux en souriant.

— Bon sang, j'adore ce job.

— Tant mieux, rétorqua Connor. Parce que je n'en voudrais pour rien au monde.

Il baissa les yeux vers le carnet jaune qui n'était jamais très loin.

— Ensuite, c'est la pub, après qu'est-ce que tu veux faire ? Les questions/réponses ? Les actus-tout-nu ? Rencontres en direct ?

C'était l'une des raisons pour lesquelles Nolan adorait travailler avec Connor. Le dernier producteur de Nolan insistait toujours pour qu'il établisse son planning à l'avance. Mais quand Connor était arrivé, neuf mois plus tôt, Nolan lui avait dit que l'émission serait plus dynamique si on lui lâchait la bride. Il s'attendait à essuyer un refus, mais l'ancien surfeur californien longiligne s'était contenté de hausser les épaules en répondant qu'il accepterait tout ce que proposerait Nolan, tant qu'il savait ce qui était au menu.

Honnêtement, si Connor avait une paire de seins, Nolan aurait posé un genou à terre et il l'aurait demandé en mariage sur-le-champ. Au lieu de ça, il avait invité son nouveau producteur à boire un verre dans son bar local préféré, *Le Fix*, puis ils avaient échangé des histoires tout en buvant avec exubérance dans ce rituel immuable par lequel les hommes se liaient d'amitié depuis l'aube des temps.

Quant au mariage, de toute façon, ça n'aurait pas marché. Gail, la femme de Connor depuis cinq ans, n'aurait jamais approuvé leur union. Cela dit, on ne sait jamais. Contrairement à l'ex de Nolan, Gail avait un sens de l'humour aiguisé.

Frustré, Nolan secoua la tête pour chasser Lauren de ses pensées

— On fera Viens-je-t'emmène, proposa-t-il en faisant référence au nouveau jeu qu'il avait conçu tout récemment.

Connor produisit un grognement guttural.

— Hors de question. On doit attendre le feu vert de Mannie là-dessus. Il craint que tu ailles trop loin avec les blagues sur les orgasmes.

Pour l'essentiel, le directeur général de la station, Manuel Ortega, laissait une grande liberté à Nolan. Mais de temps à autre, il focalisait sur un concept en particulier et rechignait à lui donner son accord.

— C'est un jeu sur le thème du voyage, protesta Nolan.

Ce n'était pas tout à fait vrai. Ou plus précisément, pas du tout.

— Alors, tu ne vas pas choisir le gagnant en fonction du candidat qui réussit le mieux à simuler l'orgasme ? Du genre, viens, je t'emmène faire un tour, chérie ?

— Bon, optons pour les actus-tout-nu, alors... proposa

Nolan, adressant à son ami son sourire le plus charmeur afin d'éviter la question. J'ai envie de me montrer un peu.

Connor sourit en secouant la tête, feignant l'exaspération tout en cherchant son téléphone. Quand Nolan avait suggéré de diffuser des vidéos en direct sur les pages de la station sur les réseaux sociaux, Connor était dubitatif. Mais la première fois qu'ils avaient essayé – Nolan avait improvisé derrière le micro, comme à son habitude –, l'audimat avait crevé le plafond et le standard était resté saturé pendant des heures.

Connor, qui n'était pas mauvais perdant, était arrivé au travail le lendemain avec une liste de propositions à intégrer dans la programmation de Nolan. Quand il avait suggéré les actus-tout-nu, Nolan lui avait tapé sur l'épaule, écrasant une fausse larme, et avait dit à son ami qu'il était aussi fier qu'un jeune papa.

À présent, Nolan apportait devant lui l'élément-clé de cette partie de l'émission : la photo d'un bain moussant imprimée sur du contre-plaqué. Puis il retira son t-shirt et s'assit tandis que Connor positionnait le téléphone sur un trépied, à un angle de quatre-vingt-dix degrés par rapport à l'accessoire.

Nolan portait un pantalon de jogging ce matin. Pour plus d'effet, il retroussa une jambe de son survêtement afin de dévoiler son mollet gauche, se déchaussa d'un coup sec et posa le pied sur le rebord en bois de la fausse baignoire. Ainsi, il était trop loin de son micro habituel, mais ils en avaient installé d'autres aux quatre coins du studio. Il attrapa celui qui se trouvait au-dessus de lui, l'abaissant au niveau du décor de fortune, puis il s'empara du journal.

À trois secondes de la fin des publicités, Nolan était enfin en place. Dès le jingle, il intervint, annonçant au public qu'il était temps de passer aux choses sérieuses avec les actus-tout-nu.

— On lave la crasse pour garder le noyau dur de la vérité. Et on le fait en direct live, ajouta-t-il, aussitôt soutenu par un tonnerre d'applaudissements – l'un des nombreux bruitages préprogrammés de l'émission.

Il tourna la tête vers la caméra alors que le streaming commençait. Les auditeurs qui ne se trouvaient pas derrière le volant – et malheureusement, certains d'entre eux aussi – pouvaient désormais se connecter à la page de la station sur les réseaux sociaux et regarder un Nolan, en apparence nu comme un ver, et assis dans un bain moussant, une jambe au bord de la baignoire et un journal ouvert devant lui. Évidemment, le papier demeurait miraculeusement sec.

Entre autres, la station avait pour mandat d'informer les auditeurs des nouvelles locales, et même si le département des actualités assurait dans ce domaine, Connor épluchait le quotidien *Austin American-Statesman* tous les matins, puis il faisait un compte-rendu à Nolan au moment de leur réunion préalable à l'émission. Immanquablement, il trouvait dans les actualités du jour matière à détournement et à plaisanteries.

Aujourd'hui ne faisait pas exception. Il avait trouvé son bonheur dans un article sur la société de conseil à laquelle la ville avait fait appel pour peser le pour et le

contre dans l'acquisition éventuelle de propriétés histo-
riques du centre-ville, afin de les préserver en les trans-
formant en musées et salles de conférence.

— Ces types devraient savoir que l'alcool, ça
préserve ! À ce compte, la 6e Rue est sans doute la rue
historique la mieux préservée du pays. Qu'est-ce qu'ils
veulent de plus ? Puisqu'on en parle, je vous propose de
remporter deux billets pour le concert de Pink Chameleon à San Antonio. Dans un peu plus d'un mois.

Posant les mains sur les accoudoirs de son fauteuil,
hors de vue du public, il se hissa afin de montrer son
torse nu au-dessus des fausses bulles. En même temps,
Connor appuya sur un bouton, déclenchant la voix grave
et suave d'une femme :

— Ooooh, Nolan ! Tu es si fort, si costaud ! Parle-moi
encore !

— Avec plaisir, dit-il, souriant à la caméra avant de se
rasseoir sur son fauteuil, s'immergeant dans les bulles
factices.

D'habitude, Connor s'assurait qu'il ait au moins cinq
sujets d'actualité à aborder. Cependant, aujourd'hui, le
deuxième sujet de la liste avait refroidi Nolan et il avait
complètement zappé les trois derniers. Voilà pourquoi
Connor était troublé que l'animateur évoque les billets
de concert si tôt dans l'émission, contrairement à leur
programmation habituelle.

Dommage, parce que maintenant, Nolan manquait
de sujets.

— Pink Chameleon a décroché un magnifique
Grammy et le concert s'annonce démentiel. La chan-

teuse, Kiki King, est une fille d'Austin, et je suis sûr qu'elle sera contente d'être de retour au Texas pour ces deux nouvelles dates dans leur tournée entre Dallas et San Antonio. Alors, comment remporter les billets ? Le premier à m'appeler avec le nom original de la rue historique d'Austin, la 6e, sera notre heureux gagnant.

Il accepta plusieurs appels, étonné par les réponses fantaisistes des participants.

— Ceux-là ont sans doute débarqué avec la grande migration des Californiens, dit-il à la caméra.

Mais le sixième candidat avait la bonne réponse, *Pecan Street*. Nolan sortit un vieux klaxon de voiture de sa boîte à accessoires, le brandit au-dessus de la baignoire et pressa la boule en caoutchouc pour célébrer la victoire du joueur.

— Et voilà… dit-il.

C'était le signal indiquant à Connor que cette partie de l'émission touchait à sa fin. Mais le producteur de Nolan lui fit signe de continuer les actus-tout-nu parce qu'il rencontrait un petit souci technique derrière son panneau de contrôle.

Oh, merde. Même si Nolan était parfaitement à l'aise dans son rôle de joyeux improvisateur, mêlant bavardages et actualités avec fluidité, le seul article qu'il avait retenu dans le résumé du jour abordait un sujet auquel il n'avait aucune envie de penser et encore moins d'évoquer à l'antenne.

Mais il n'avait rien d'autre à dire, à moins de feuilleter le journal en direct pour piocher un article au hasard. Bien sûr, c'était hors de question. Nolan devait accepter d'aborder la nouvelle sur son ex-femme Lauren et son fabuleux nouveau mari... ou bien risquer un long silence en pleine émission.

Et pour Nolan, un silence en direct était tout bonnement impensable.

Et puis, zut, songea-t-il. Ni une ni deux, il plongea dans les eaux froides et profondes de l'humiliation.

— Cette prochaine info est presque une annonce d'utilité publique. Ceci est un rappel important, les amis, attention de manipuler les journaux avec précaution. On ne sait jamais quand les mots peuvent vous sauter dessus sans prévenir. Comme ce matin. Vous voyez ?

Il désigna son cou.

— Une trace de morsure. De grosses dents bien pointues. Vous savez, comme on en trouve uniquement chez les animaux sauvages et les ex-femmes.

Connor leva la tête, les sourcils froncés. Nolan n'était pas étonné. Il avait vingt-deux ans quand Lauren et lui s'étaient séparés après six mois plutôt chaotiques. À présent, il en avait vingt-neuf et il pensait rarement à elle. Il n'avait pas pour habitude de la mentionner en passant. Même pendant leurs marathons de beuverie entre hommes.

— Avec son sénateur de mari – oui, je parle de l'un de nos chers sénateurs des États-Unis représentants du Texas –, elle est en ville pour plusieurs événements, notamment une réception tenue hier soir à la résidence du gouverneur. J'espère qu'il y avait des sculptures de glace. Ce serait dommage de ne pas profiter de ces ondes glaciales propres aux ex-femmes, pas vrai ?

Il avait l'intention de s'arrêter là, mais sa bouche continua de sa propre initiative.

— Plus sérieusement, je leur souhaite le meilleur. Bien sûr, elle disait toujours que même mon meilleur à moi n'était pas suffisant. Vous savez quoi ? Elle se trompait. C'est vrai, quoi, regardez-moi maintenant.

Il indiqua la fausse baignoire d'un geste de la main avant de se hisser à nouveau pour désigner son torse, parfaitement conscient que toutes les femmes bavaient devant sa musculature.

— Nu *et* à la radio. Enfin, sérieux, est-ce qu'il existe mieux que ça ? Alors, tu sais quoi, bébé ? Voilà ce que j'ai à te dire.

Il se tourna en brandissant son majeur. Au même moment, Connor se jeta sur la caméra pour l'éteindre quelques secondes avant que *cette* image ne soit diffusée en direct. Malgré ça, Nolan savait que Mannie se fâcherait.

L'instant d'après, dans un pur élan de génie comme il en avait le secret, Connor manipula les commandes et coupa le micro de Nolan, enchaînant avec les accords tonitruants de *How Do You Like Me Now* de Toby Keith.

— Putain, c'est parfait, souffla Nolan.

— Qu'est-ce que tu nous as fait ? rétorqua Connor. Je t'avais mis en garde sur cet article, tu ne devais pas mentionner que la femme du sénateur avait aussi été la tienne.

— Crois-moi, ça n'en valait pas la peine.

Connor plissa les yeux comme s'il essayait de déterminer si Nolan était sérieux.

Il l'était.

— Elle était magnifique, et moi, j'étais jeune et stupide. Mais ça n'a jamais vraiment collé entre nous. C'était une pauvre petite fille riche qui ne s'intéressait qu'à son image. Elle voulait que sa vie, et tous ceux qui la composent, soient absolument parfaits. Quand on était ensemble, je la prenais pour une princesse. Et il m'a fallu un moment pour prendre conscience qu'elle me considérait comme un vilain crapaud.

Avant de le quitter, elle lui avait dit qu'elle avait pris leurs corps-à-corps torrides et ses multiples orgasmes pour de l'amour, mais qu'elle s'était trompée. Qu'il n'était qu'un coup de folie pour elle, et qu'elle s'était bien amusée, mais qu'elle avait besoin d'un homme capable de devenir quelqu'un et qu'elle n'aurait jamais dû l'épouser. Apparemment, son idée du Prince Charmant ne correspondait pas à un type qui avait abandonné le lycée et qui gagnait le salaire minimum en tant que documentaliste et opérateur de radio à temps partiel pour une petite station en bande AM à une cinquantaine de kilomètres d'Austin.

Il secoua la tête en essayant de chasser Lauren de son esprit.

— Ça va mieux maintenant. Je traîne avec d'autres crapauds. Quant aux princesses...

Il laissa sa phrase en suspens et haussa les épaules en pensant à toutes les femmes splendides qui le draguaient pour son statut de célébrité locale.

— Je les mets dans mon lit, avoua-t-il.

Bien sûr, Connor le savait déjà. Et Nolan faisait en

sorte qu'aucune femme avec laquelle il couchait ne s'en aille insatisfaite ou mécontente de son manque d'ambition sexuelle.

— Mais je ne cherche rien de sérieux.

Il avait déjà joué le jeu. Hors de question de recommencer.

DEUX

— C'est vraiment une mauvaise idé, grommela Shelby.

Elle venait de se glisser hors de la Mercedes de Hannah et tentait désormais de se tenir bien droite sur ses talons de dix centimètres.

— Ne dis pas de bêtise, répliqua sa collègue et amie en regardant par-dessus le toit de la voiture de Shelby.

Ses boucles blondes, sur lesquelles apparaissaient des reflets cuivrés dans le soleil de fin d'après-midi, brillaient autant que son sourire malicieux.

— Un enterrement de vie de jeune fille nécessite un cadeau approprié. Et crois-moi, quand il est question de fournitures pour une lune de miel, aucun endroit à Austin n'est mieux que *Le Fruit défendu*.

Shelby jeta un œil en direction de la devanture tape-à-l'œil rose de la zone commerciale de North Loop. Le nom s'étalait en grandes lettres au-dessus d'un mur composé uniquement de fenêtres. Shelby grimaça. Quiconque passerait devant le magasin la verrait à l'intérieur. Or, elle n'était *vraiment pas* le genre de fille à rentrer dans un sex-shop. Certes, elle possédait un vibromasseur, mais elle l'avait acheté de manière discrète et en secret sur une boutique en ligne qui promettait un emballage discret. Et même après la réception du colis, elle avait attendu deux jours avant d'ouvrir la boîte, puis s'était enfermée dans sa chambre pour découper l'adhésif du paquet à l'aide de ses ciseaux à ongles, en ayant pris le temps de tirer ses rideaux.

Même si elle vivait seule et qu'elle n'attendait personne ce jour-là, elle avait préféré se prémunir des voisins ou passants un peu trop curieux. Sur certaines choses, on ne pouvait pas être trop prudent.

Hannah secoua la tête et contourna le véhicule en riant. Parvenue au niveau de Shelby, elle l'attrapa par le coude et l'encouragea.

— Tu peux le faire. Allez, viens. Considère cela comme une étape dans la vie, une chose farfelue à rayer de ta liste de choses à faire avant de mourir.

— Farfelue, c'est bien le terme que j'aurais employé, marmonna Shelby.

La jeune comptable vacilla et retrouva tant bien que mal son équilibre. Elle aurait souhaité avoir toujours ses chaussures confortables aux pieds et son costume en lin dont la jupe arrivait juste au-dessus du genou.

Ce n'était pourtant pas le cas. Elle avait revêtu une robe moulante noire qu'elle avait empruntée à Hannah et assortie à des chaussures à talons hauts, et qui laissait apparaître à travers une fente son genou ainsi que la moitié de ses cuisses. Elles avaient la même taille, mais tandis que Hannah était mince et athlétique, Shelby avait des courbes bien définies, c'est pourquoi le mélange lycra-coton collait à sa peau comme une enveloppe plastique.

Elle avait aussi enfilé un string pour éviter que l'on voie les rebords de sa culotte à travers le fin tissu. Ses jambes, quant à elles, étaient nues, ce qui était une expérience assez déconcertante et nouvelle pour Shelby qui les couvrait habituellement de collants. De temps à autre, une légère brise caressait son corps à des endroits où, en général, elle n'en ressentait aucune.

Pourquoi avait-elle écouté Hannah ? À présent, la jeune comptable était sur le point d'entrer dans un sex-shop, habillée comme si elle allait faire des achats à titre professionnel.

— Tu vas m'en devoir une, souffla-t-elle à Hannah.

— J'en suis consciente. Maintenant, viens. Il est presque dix-neuf heures et nous devons retourner au centre-ville. Je te rappelle que les filles nous attendent pour vingt heures.

L'enterrement de vie de jeune fille était organisé pour Célia James, l'une des secrétaires de la firme Brandywine Finance & Consulting où travaillaient Shelby et Hannah en tant que conseillère financière pour la première et conseillère juridique pour la seconde. Programmé en milieu de semaine, ce serait un petit événement assez discret, puisque les amies d'université de la future mariée l'avaient déjà emmenée à Cancún, au Mexique, pour sa véritable fête. Lorsque Shelby avait rappelé à Hannah que ses vêtements de travail, voire même un jean et une veste, iraient parfaitement pour l'occasion, celle-ci avait retiré son véto.

— Bien, acquiesça Shelby, mais je ne resterai pas tard. Je travaille demain.

— Nous allons toutes au travail demain, rétorqua Hannah en poussant la porte en verre. Viens.

En soupirant, Shelby obéit. Ses yeux s'écarquillèrent lorsqu'elle parvint au centre de la pièce immense et scruta les présentoirs. Des pans entiers de murs étaient couverts de vibromasseurs et de godemichets. Des bacs débordaient de lubrifiants de toutes sortes. Plus loin, elle remarqua qu'une section était dédiée aux menottes, bandeaux et liens en tous genres. De nombreuses matières étaient proposées, mais elle constata que le cuir dominait dans ce décor qui lui était si peu familier.

Une femme au sourire accueillant vint à leur rencontre et leur demanda si elles avaient besoin d'aide. Hannah déclina poliment tandis que Shelby émettait un petit couinement étranglé. Ce n'était pas qu'elle était prude. Elle avait déjà eu des relations sexuelles et pas seulement dans la position du missionnaire.

Cependant, tous ces articles si effrontément mis en avant la rendaient mal à l'aise.

Au début, elle resta près de Hannah. Toutefois, quand son amie appela la vendeuse pour la questionner sur les caractéristiques de plusieurs vibromasseurs, Shelby dériva et se retrouva près d'une vitrine contenant des menottes en cuir, un bandeau en fourrure et un rouleau de ce qui semblait être du ruban électrique.

Son regard s'attarda sur ce qui était exposé et elle se

mordit la lèvre inférieure tandis qu'un agréable picotement commença à poindre sous son nombril. Elle essaya de s'imaginer nue dans un lit, avec le masque sur les yeux et ses poignets attachés à la tête de lit.

Elle pouvait presque sentir la pression de mains masculines rudes et puissantes sur elle, parcourant son corps pour saisir sa taille, et la chaleur de sa bouche sur ses seins pendant qu'il...

— Est-ce que je peux répondre à une question ?

Shelby sursauta et glapit. Elle n'avait pas entendu la vendeuse se rapprocher d'elle.

— Je... hmm... Non. J'attends simplement mon amie.

— N'hésitez pas à faire un tour. Et si vous avez besoin d'aide, faites-moi signe.

— Oh, bien sûr. Absolument.

La femme commença à partir et Shelby se surprit à demander :

— En fait, qu'est-ce que c'est ?

Elle désigna de son index le rouleau de ruban électrique.

— Est-ce que ça fait mal ?

Son interlocutrice suivit son regard et secoua la tête tout en gardant une attitude aimable et professionnelle.

— Cette matière n'est adhésive qu'avec elle-même. Alors, elle ne tirera pas sur la peau et ne laissera aucun résidu, lui apprit-elle. Beaucoup plus facile à transporter que les menottes et infiniment plus polyvalent.

— Ohhh ! s'exclama Hannah en arrivant derrière elles. Prends un rouleau pour moi, tu veux bien ?

Elle fit un clin d'œil à Shelby.

— Nous allons nous assurer que Célia ait la meilleure lune de miel qui soit. Je pense que ça sera tout, annonça-t-elle ensuite en se tournant vers la vendeuse.

— Merveilleux. Rejoignez-moi à la caisse quand vous serez prêtes.

Hannah hocha la tête, puis donna un coup de coude à sa collègue.

— Tu cherches quelque chose pour toi ? Je veux dire, il y a toujours Alan, hein...

Shelby fronça les sourcils en pensant à Alan Lowe, l'assistant-professeur avec qui elle sortait depuis que sa mère le lui avait présenté trois mois auparavant tout en lui assurant qu'ils iraient très bien ensemble. C'était le cas. Alan était adorable, poli et attentionné. Et les deux fois où ils avaient couché ensemble s'étaient parfaitement bien passées. Mais...

Elle secoua la tête.

— Je ne crois pas que le ruban de bondage soit le truc d'Alan.

Son amie lui renvoya une expression perplexe et songeuse. Elle tentait sans l'ombre d'un doute de retenir un éclat de rire.

— Quoi ?

— Je trouve seulement ton choix de mots intéressant. Ce n'est pas le *truc* d'Alan ? Est-ce que ça voudrait dire que c'est le tien ?

Shelby leva les yeux au ciel.

— Oh, s'il te plaît, maugréa-t-elle. Va payer et sortons d'ici.

Hannah jeta un œil à sa montre.

— Merde. On doit vraiment y aller.

Alors qu'elle se précipitait vers la caisse, Shelby regarda une dernière fois en direction des menottes et du ruban.

En effet, ce n'était *vraiment* pas le truc d'Alan. Mais même s'ils n'avaient pas parlé de devenir un couple exclusif, Alan était le seul homme dans le radar de Shelby.

Alors qui était celui qui habitait ses délicieux petits fantasmes ? D'ailleurs, pourquoi avait-elle des fantasmes ? Elle était parfaitement heureuse avec Alan et leur relation occasionnelle non officielle. Ils avançaient peut-être plus lentement que la moyenne, mais il n'y avait rien de mal à cela.

— Pour en revenir à Alan, commença Hannah une fois qu'elles furent de retour dans la voiture et se dirigeaient vers le centre-ville, de toute évidence, il ne t'attache pas ni te fait grimper aux rideaux comme une folle...

— Hannah !

— ... Alors, qu'est-ce qu'il se passe *réellement* entre vous ?

— Oh, mon Dieu, soupira Shelby, un peu déconcertée que la question de Hannah corresponde aux siennes, bien que d'une manière tout à fait différente. Tu es impossible.

— Je sais. C'est tellement facile de te taquiner. La question reste tout de même légitime. Toi et moi n'avons pas eu le temps d'échanger des nouvelles depuis des semaines. Je veux vraiment savoir ce qu'il y a de neuf.

Shelby se détendit.

— Alan est super. C'est le genre de mec dont j'ai toujours rêvé. Intelligent, attirant... Et il a un poste permanent à l'université.

Alan était assistant-professeur à l'Université du Texas dans le même département où sa mère avait un poste de titulaire en tant que professeure, le Département des Statistiques et des Sciences Appliquées. Quant à son père, qui était un statisticien de haut niveau pour l'État du Texas, il considérait qu'Alan avait quasiment décroché la lune.

— Maman pense qu'il sera sûrement le doyen du département un jour, ajouta-t-elle.

— Et ?

— Et quoi ?

— Oh, allez, Shel. Oublie le ruban de bondage. Est-ce qu'il fait vrombir ton moteur ?

Un sourire narquois se dessina sur le visage de Shelby.

— Mon moteur va très bien. Une bonne relation ne tourne pas seulement autour du sexe, de toute façon.

Alan était gentil, intelligent, bien élevé et ils aimaient beaucoup de choses similaires comme les concerts, les vieux films et les soirées tranquilles à la maison.

Au fond, Shelby et Alan étaient une combinaison qui avait du sens, de la même manière qu'une équation équilibrée avait du sens. Tout comme en mathématiques, Shelby pouvait apprécier le fonctionnement de la formule. Deux mois de plus à se voir occasionnellement, puis ils parleraient d'être exclusifs. Dans six mois, ils se fianceraient. Ils se marieraient au cours de l'été et avant l'hiver prochain, elle serait Mme Alan Lowe.

Hannah lança un rapide coup d'œil à Shelby avant de regarder dans le rétroviseur et changer de voie.

— C'est juste que... laisse tomber.

— Quoi ?

— Ce n'est rien. Je te jure. C'est juste que... enfin, je n'ai pas envie de te voir te caser.

— Sortir avec Alan n'est *pas* se caser. C'est le genre de mec qui ferait un mari et un père parfait.

— Vous allez vous marier ?

— Enfin, pas tout de suite, de toute évidence, mais je crois qu'Alan correspond à tous les critères.

Hannah haussa les sourcils.

— Est-ce qu'il correspond à *tes* critères ?

— Qu'est-ce que c'est supposé vouloir dire ?

— Je veux seulement que tu t'amuses et sois heureuse.

Shelby se redressa et la fixa.

— Je m'amuse. Ce n'est pas parce que je ne couche pas à droite et à gauche que je ne m'amuse pas.

— Oh, allez, gloussa Hannah. Tu sais que ce n'est pas ce que je voulais dire.

Shelby s'enfonça dans son siège.

— Je sais, murmura-t-elle.

Elle savait que son amie ne cherchait qu'à s'assurer qu'elle filait le parfait amour avec Alan. Toute sa vie, elle avait jonglé avec des amis bien intentionnés qui la considéraient comme timide, ou posée, ou ennuyeuse ou trop intellectuelle pour avoir une vie sociale. C'était peut-être vrai. Mais cela ne signifiait pas qu'elle n'était pas heureuse. Bien au contraire, elle s'estimait heureuse, ambitieuse et couronnée de succès.

Plus que cela, Shelby savait exactement ce qu'elle voulait tant dans sa carrière que dans sa vie.

Pour ce qui était de sa carrière, les chiffres l'obsédaient depuis que son père s'était assis pour la première fois avec elle pour lui apprendre ses tables de multiplication. La manière dont elles fonctionnaient, ce qu'elles représentaient... la beauté rationalisée de ce qu'elles symbolisaient l'avait toujours passionnée.

Comptable était un métier qu'elle avait dans la peau depuis toujours. Non seulement elle aidait des gens et des compagnies, mais elle pouvait aussi jouer dans ce monde limité qui avait du sens à ses yeux. Parce qu'en fin de compte, au moins dans le monde de la comptabilité, deux plus deux égalaient toujours quatre.

Quant à sa vie, elle voulait une maison comme celle dans laquelle elle avait grandi, avec du respect, de la sécurité et un partenaire qui était à la fois ambitieux et loyal envers sa famille, quelqu'un qui prenait la vie et leur relation au sérieux.

Shelby ne savait que trop bien ce qui pourrait mal se passer si cette ligne de conduite n'était pas suivie. Le frère de sa mère, son oncle, avait toujours manqué d'ambition et avait subi un divorce ainsi qu'une cure de désintoxication après que son groupe de musique s'était dissous.

Sa cousine Violet, du côté de son père, s'était mariée avec un humoriste qui l'avait convaincue qu'il serait la prochaine plus grande star des sitcoms. Aujourd'hui, ils se disputaient tout le temps et vivaient dans un petit appartement à Los Angeles avec trois enfants, tandis que son mari dirigeait un fast-food local.

Pas Shelby. Elle n'agirait pas de manière irréfléchie avec son avenir et ne succomberait pas à ce qu'elle considérait comme une malédiction familiale. Ses parents avaient réussi à trouver la bonne voie et elle avait l'intention de suivre leur exemple.

Peut-être que cela ne semblait pas attirant au premier abord, mais pour Shelby, ce qui définissait une belle vie était la sécurité financière, une vie ordonnée ainsi que l'affection familiale que partageaient ses parents. C'était le genre de vie qu'elle désirait de tout son cœur.

Le genre de vie qui correspondait tout à fait à l'homme qu'était Alan.

Alors pourquoi fantasmait-elle sur du ruban de bondage, surtout quand l'homme anonyme qui ne cessait d'envahir ses fantasmes n'était de toute évidence *pas* Alan Lowe ?

TROIS

— Oh, mon Dieu ! Vous êtes terribles !

Célia sortit le vibromasseur violet et le ruban de bondage du paquet rose estampillé *Future Mariée* sur le côté, puis les souleva pour que tout le monde puisse les admirer. Pas seulement ses amies de la fête. Non, à la grande stupeur de Shelby, presque tous les clients, serveurs et barmans du *Fix* se retournèrent pour voir ce qui les faisait tant s'esclaffer.

— Brian va absolument adorer notre nuit de noces. Merci à vous deux ! s'exclama-t-elle en ciblant de son sourire en coin à la fois Hannah et Shelby.

— Hmm, Célia ? l'appela cette dernière en tirant sur la manche de sa collègue ivre. Tout le bar nous fixe.

La jeune femme rit, libéra son bras d'un coup sec et brandit les deux objets en les tenant à bout de bras au-dessus de sa tête.

— Allez, Shel, répondit-elle d'une voix pâteuse. Je vais me marier. Personne ne se soucie de ça.

Elle donna un léger coup sur la poitrine de Shelby avec le bout du vibromasseur en silicone.

— Ils sont tout simplement heureux pour moi. Même eux, ajouta-t-elle en utilisant le jouet sexuel en guise de pointeur alors que son bras faisait le tour de la pièce pour englober toute la salle principale du bar.

Quelques clients rirent franchement, mais la plupart eurent l'amabilité de se détourner de la folle future mariée qui avait trop bu. Shelby, qui se disait qu'il était trop tard pour faire machine arrière, décida qu'il était soit temps de quitter la fête, soit d'abandonner toute prétention de décorum.

Elle pesa les deux options pendant une seconde, puis fit son choix.

— Fais passer le pichet, s'il te plaît, lança-t-elle à Hannah sous une vague de hourra. J'ai *vraiment* besoin d'un autre verre.

Pour la fête d'enterrement de vie de jeune fille de Célia, le groupe de six femmes avait réservé la grande table près de la fenêtre à l'avant du *Fix*, près du mur coloré représentant la ville d'Austin. De ce fait, elles pouvaient facilement observer et être vues par les piétons qui déambulaient sur la 6e Rue et qui étaient nombreux à ralentir le pas pour contempler la future mariée avec sa tiare extravagante incrustée de joyaux sur laquelle était inscrit en grosses lettres « FUTURE MARIÉE ». Sans parler de la sélection de bonbons et gâteaux représentant des parties de l'anatomie humaine qui ornaient la table et provenaient de la boulangerie locale *Plaisirs sucrés*.

Le temps que Célia ait terminé d'ouvrir tous ses

cadeaux et que les filles aient décoré un plateau entier de gâteaux en forme de pénis, elles avaient également vidé trois pichets de Punch Pinot, une concoction à base de vin et de pêche gelée qu'un barman assez mignon leur avait recommandée en leur promettant qu'elles adoreraient. Il n'avait pas menti, et alors que le liquide dans les pichets diminuait, le niveau sonore s'élevait selon une équation mathématique prévisible.

Maintenant, le vacarme dans le petit coin du *Fix* était devenu assourdissant.

— Je suis vraiment sérieuse, assura Shelby à son public ravi de femmes éméchées.

Elle ajusta ses lunettes, puis prit une gorgée de son quatrième – ou peut-être cinquième ? – verre de punch, puis continua l'histoire qu'elle racontait à propos d'un chanteur de country qui l'avait contactée pour des conseils peu de temps après qu'elle avait réussi son examen pour devenir comptable.

— Il m'a dit que c'était des frais professionnels. Qu'ils lui permettaient de se détendre, pour qu'il puisse entendre la musique dans sa tête.

— Des plugs anaux ? s'étonna Célia en écarquillant les yeux. Les plugs anaux vibrants étaient sa muse ?

— Tu peux répéter ça un peu plus fort ? la rabroua Leslie, la gestionnaire de paie de la firme. Je ne suis pas certaine que la table tout au fond t'ait entendue.

— Qu'est-ce que tu as fait ? demanda Célia en ignorant le commentaire.

— Rien. Je vous l'ai dit, il faisait que me parler à une fête, mais je n'arrive plus à écouter sa musique désormais. Du moins, pas sans me demander comment il l'a écrite.

Hannah rit si fort qu'elle en eut les larmes aux yeux.

— Je n'arrive pas à croire que tu ne m'aies jamais raconté cette histoire avant.

Shelby haussa les épaules. Honnêtement, elle avait du mal à croire qu'elle la racontait maintenant, mais sa langue et son esprit semblaient s'être agréablement dénoués. Elle savait que c'était dû au punch, puisque la plupart du temps, elle ne buvait rien de plus que du Perrier avec du citron vert lorsqu'elle sortait. Non seulement elle détestait devoir se fier à quelqu'un pour rentrer chez elle, que ce soit un ami, un taxi ou un covoiturage, mais également elle n'aimait tout simplement pas perdre le contrôle sur son corps et son cerveau.

En revanche, aujourd'hui se trouvait être une occasion spéciale. C'était agréable de rire, boire et passer du bon temps avec ses amies.

— Je suis si heureuse pour toi, se réjouit-elle en se penchant pour faire une accolade à Célia.

— Merci ! Et je sais...

Célia s'interrompit toute seule tandis qu'une expression amusée se peignait sur son visage. Elle saisit le poignet de Shelby.

— Ne regarde pas vers le bar, murmura-t-elle, mais le mec te regarde encore.

— Vraiment ?

Elle ne put s'empêcher de se tortiller sur son siège pour pouvoir apercevoir l'imposant comptoir en chêne qui longeait les murs de la salle principale dans son dos.

Célia la tira en arrière et la força à faire de nouveau face à la fenêtre.

— J'ai dit : ne regarde pas !

— Roh, d'accord, ronchonna Shelby.

Elle sentit néanmoins ses joues s'empourprer. Elle avait eu le temps de constater que l'homme mignon aux cheveux courts et aux yeux gris clair dont parlait sa collègue de travail regardait effectivement dans sa direction.

— Il ne me regarde pas, protesta-t-elle.

— Oh que si, rétorqua Hannah en se rapprochant d'elle. Pourquoi ne le ferait-il pas ? Tu es sexy et ton ensemble est super, tout comme tes cheveux et ton maquillage. Tu es magnifique Shelby, je t'assure !

Hannah vivait dans un de ces appartements en centre-ville qui avaient été construits à Austin au cours des dix dernières années. Au lieu d'aller directement au *Fix* après être sortie du magasin *Le Fruit défendu*, elle avait insisté pour faire un arrêt rapide chez elle, durant lequel elle avait échangé sa jupe courte contre un jean ajusté et un dos nu en soie. Après cela, elle avait retouché le maquillage de Shelby et avait usé de sa magie pour dompter sa coiffure.

— Nous aurons peut-être dix minutes de retard, avait-elle fait remarquer, mais nous allons faire toute une entrée.

Shelby avait à l'origine remonté ses cheveux, qui lui arrivaient aux épaules, en queue de cheval tout en laissant quelques mèches encadrer son visage. Le résultat lui avait semblé satisfaisant et elle avait pensé que Hannah serait du même avis.

— C'est super, lui avait assuré cette dernière alors qu'elle retirait les pinces de sa coiffure et mettait à chauffer le fer à friser. Mais avec ce que je vais faire, ce sera encore mieux.

C'était vrai. Elle avait détaché les cheveux foncés de Shelby et avait commencé à les friser méticuleusement. Une masse de boucles en avait résulté, épousant parfaitement la forme de son visage et rebondissant à chacun de ses pas.

— Même tes lunettes sont superbes, avait ajouté Hannah en penchant la tête alors qu'elle regardait son amie d'un œil critique. Le turquoise est une couleur amusante et elle fait ressortir le bleu de tes yeux.

Les iris de Shelby étaient noisette et avaient tendance à prendre la teinte de ce qu'elle portait.

Hannah s'enfonça dans le siège du *Fix* et l'examina de nouveau avec approbation.

— Je pense que c'est la combinaison des lunettes et de cet ensemble à tomber par terre qui a dû attirer son attention. Il y a de quoi, en passant. Ça te donne une allure de coquine studieuse.

— Tu te rends compte qu'on dirait que tu évoques le casting d'un film porno, hein ? grimaça Shelby.

Cette remarque fit rire toutes les filles autour de la table.

— Peu importe, intervint Célia, mais Hannah a raison. Le fait est que M. Sexy aime bien ça. Tu as vu la manière dont il te regardait plus tôt ? Comme s'il pourrait carrément te manger toute crue ?

Shelby rougit.

— C'est parce que tu as jeté ce stupide vibromasseur sur moi. Il a tourné la tête vers nous et il a tout vu.

Elle avait tenu l'appareil violet à deux mains, puis avait levé les yeux et rencontré ceux gris pâle et profonds de M. Sexy. Elle s'était attardée sur ses longs cils magnifiques en se faisant la réflexion que de nombreuses femmes seraient prêtes à payer pour en avoir des semblables. *Des yeux de chambre à coucher*, avait pensé Shelby, puis elle avait chassé cette pensée ridicule de son esprit.

Elle se souvint de la manière dont le coin de sa bouche s'était relevé quand leurs regards s'étaient croisés, sans mentionner les tiraillements qu'elle avait ressentis au creux de son ventre. Elle s'était détournée, puis s'était sentie tremblante et incertaine tandis que sa bouche s'était soudain asséchée.

— Il se moquait de moi, assena-t-elle. Ce n'est pas du désir.

Ses protestations sonnèrent faux, même à ses propres oreilles. Une certaine alchimie s'était manifestée entre eux. Mais cela ne signifiait pas que Shelby comptait s'attarder sur cet étrange sentiment qui l'avait envahie. Quand bien même elle aurait été encline à donner suite à cette possible relation, elle devait bien avouer qu'elle ne savait pas comment réagir.

— Il ne semble pas rire à présent, fit valoir Célia. Il y a un réel désir dans ses yeux.

— Tu devrais aller lui parler, proposa Hannah.

Un éclair de terreur traversa Shelby à cette idée.

— Tu es folle ?

— Hannah a raison, reprit Célia. Tu devrais.

Shelby tenta de secouer la tête nonchalamment, mais son menton tremblait trop pour que sa crainte passe inaperçue.

— Pas question. *Vraiment.* Non. Hors de question.

— Oh, allez, Shelby. Il est de toute évidence intéressé.

Hannah l'encouragea en lui donnant une tape sur l'épaule.

— Je viens avec toi si tu veux. Il est au bar. Nous pourrions commander un verre et entamer la conversation.

— Un verre ? Un autre verre et je pars à la dérive. En fait, je dois aller aux toilettes.

Entre l'alcool qu'elle avait ingéré et la nervosité qu'elle éprouvait, son estomac commençait à être barbouillé.

— Oh, mon Dieu, lâcha-t-elle en mettant sa main devant sa bouche après s'être levée pour tituber vers l'arrière du bar.

— Oh, merde, lâcha Hannah.

Le bruit d'une chaise qui frotte contre le sol retentit dans son dos, puis son amie fut à ses côtés et elles se précipitèrent ensemble vers les toilettes. Shelby combattait l'envie irrésistible d'éclater de rire. Cela ne lui était *jamais* arrivé auparavant. Aussi humiliante que soit la situation, elle passait sincèrement et réellement du bon temps.

Elles atteignirent la petite pièce réservée aux dames et la jeune comptable poussa la porte. Celle-ci fut plus légère qu'elle s'y attendait et heurta bruyamment le mur, ce qui fit sursauter les deux femmes et même glapir une personne à l'intérieur. Elle croisa le regard de Hannah et toutes deux se mirent à rire à gorge déployée.

— Allez, souffla Hannah en enroulant un bras autour de la taille de son amie pour l'aider à avancer.

Prise de vertige, Shelby trébucha avant de s'appuyer contre le mur.

— Le sol bouge, constata-t-elle en réalisant soudain qu'elle avait beaucoup trop bu.

Les effets de l'alcool ne l'avaient pas inquiétée quand elle était assise. Mais maintenant qu'elle était debout et qu'elle se déplaçait...

Elle inspira longuement, mais remplir ses poumons d'oxygène ne lui fut pas d'une grande aide. Elle leva la tête, fixa les quatre yeux de Hannah et annonça aussi lentement et clairement que possible :

— C'est entièrement de ta faute.

De l'autre côté de la petite pièce, quelqu'un se manifesta.

— Shelby ?

Cette dernière cligna des yeux, puis essaya de se concentrer sur la jolie blonde qui se tenait debout près du lavabo. Une seconde s'écoula, puis son identité lui revint en mémoire et Shelby eut un sourire tellement grand que ses muscles zygomatiques lui firent presque mal.

— Brooke Hamlin !

Elle chancela pour la rejoindre et l'attira à elle dans une étreinte chaleureuse.

Avant même d'obtenir son diplôme de comptable, Shelby avait travaillé sur les impôts de la famille Hamlin. Techniquement, son ancien chef était le comptable du juge Hamlin, mais elle avait fait le gros du travail et avait rencontré tous les membres de la famille à plus d'une occasion.

En fait, Brooke et elle avaient à peu près le même âge et elles avaient déjeuné ensemble à plusieurs reprises, notamment lorsque la saison des impôts avait pris fin.

Shelby serra un peu plus fort la jeune femme dans ses bras.

— N'est-ce pas une superbe fête ? la questionna-t-elle.

Elle ne se souvenait pas que Brooke n'avait pas été invitée jusqu'à ce que celle-ci réponde, incertaine :

— Hmm, oui ?

À côté d'elle, Hannah rit et lui tendit la main.

— Hannah, annonça-t-elle pour se présenter. Aussi connue comme la baby-sitter de Shelby.

— Très drôle, grommela Shelby.

Elle avait la ferme intention d'expliquer pourquoi elle n'avait pas besoin d'une baby-sitter, malheureusement, du Punch Pinot remonta en même temps que ses mots et elle plaqua une main contre sa bouche. Elle se précipita vers la première cabine libre, puis la verrouilla derrière elle avant de s'accroupir pour régurgiter tout ce qu'elle avait avalé.

Elle resta recroquevillée sur le carrelage froid et respira par la bouche pendant plusieurs longues secondes au cas où son estomac voudrait de nouveau la trahir. À l'extérieur de la cabine, elle entendit Brooke et Hannah discuter et leva les yeux au ciel au commentaire humoristique de Brooke. Peut-être y avait-il en effet eu une invasion d'extraterrestres qui lui avaient fait subir un lavage de cerveau ou avaient emmené la vraie Shelby loin d'ici. Après tout, boire autant ne lui ressemblait pas.

— N'est-ce pas génial de la voir autant s'amuser ? s'enthousiasma Hannah. Nous sommes ici pour l'enterrement de vie de jeune fille d'une amie et je lui ai dit de se laisser aller.

— Tu es une diablesse, lança Shelby depuis sa cabine.

Puis elle ricana quand Hannah rétorqua :

— Mais tu m'aimes !

Alors que Brooke et Hannah continuaient de parler, Shelby réussit peu à peu à reprendre le contrôle de son corps. Enfin, elle émergea une fois qu'elle fut certaine que le punch qui était resté dans son estomac la laisserait en paix.

— Fiou, soupira-t-elle en se dirigeant vers le lavabo pour se nettoyer la bouche. Je me sens mieux.

Et c'était le cas. La pièce tournait moins et son esprit paraissait plus clair. Une fois qu'elle se fut gargarisée, elle se sentit de nouveau prête à rejoindre la salle principale du bar.

Les lèvres de Hannah se tordirent et Shelby tendit un doigt accusateur vers elle, mais son amie cacha son rire derrière une fausse toux avant de se tourner vers Brooke pour lui demander si elle voulait se joindre à elles.

— Non merci. Je dois y aller.

— Tu es sûre ? insista Shelby qui l'attira près d'elle pour lui donner une accolade chaleureuse. C'est vraiment génial de te voir.

— Toi aussi, sourit Brooke.

À la manière dont elle lui répondit, Shelby sut que Brooke était persuadée qu'elle était encore ivre. Ce qui était peut-être le cas. Un peu, du moins.

— Allez, viens. Je vais au moins marcher avec vous.

Elles se traînèrent à l'extérieur des toilettes et entreprirent de traverser la foule pour retourner au coin se situant à l'avant du bar d'où venaient les rires des quatre femmes ivres leur faisant signe. Le barman, Cameron, venait de leur apporter deux pichets supplémentaires de ce délicieux et dangereux punch.

Bien sûr, le chemin le plus court pour y retourner était de marcher parallèlement au bar, ce qui la fit passer devant le groupe d'hommes avec qui bavardait M. Sexy.

Shelby se disait qu'elle ne devrait pas regarder, mais elle ne put pas s'en empêcher et le temps qu'elle s'en rende compte, elle heurta Brooke en tendant la main pour attraper le bras de Hannah.

— Il est toujours là, murmura-t-elle en tentant d'observer furtivement celui qui l'intimidait tant. Est-ce que tu crois que... *oh, merde*. Il regarde par ici.

Ces yeux. Il l'avait tout simplement clouée sur place avec ses yeux. Même si Shelby était toujours ivre, elle sentit l'impact de ce regard jusque dans ses orteils. Cependant, elle était presque certaine que l'alcool n'était pas responsable de la chaleur qui se répandit dans son bas-ventre.

— Seulement pour lui parler, lui rappela Hannah.

Elle la poussa légèrement en avant pour l'inciter à avancer, mais Shelby refusait de bouger.

— Il t'a remarquée, c'est évident. Tu l'as *bien* remarqué aussi.

— Qui ? s'enquit Brooke.

Shelby se frappa le visage, se sentant humiliée qu'une autre personne que Hannah puisse avoir été témoin de son moment de convoitise.

— Lui, indiqua Hannah.

Mais avant qu'elle puisse lever un doigt pour le pointer sur l'homme en question, Shelby lui tira le bras vers le bas, perdant presque l'équilibre dans son empressement.

Des talons de dix centimètres et le Punch Pinot ne faisaient pas bon ménage.

— Ne le montre pas du doigt ! Le mec mignon, juste là, souffla-t-elle à Brooke, celui qui a les cheveux courts et qui porte le t-shirt *Wood Matin*.

Puis Brooke fit l'impensable. Elle leva la main et lui fit signe.

— Oh, mon Dieu.

Shelby voulut se fondre dans le plancher. Brooke était-elle devenue folle ?

— Pourquoi tu lui as fait signe ?

Brooke haussa les épaules.

— C'est un ami. C'est Nolan Wood. Son t-shirt ringard est fait pour son émission matinale, *Wood Matin*. Il fait des commentaires un peu délirants pour une station radio.

— Tu le connais ?

— Un peu. Il est sorti avec une amie à moi.

— Oh.

Une vague déconcertante de déception frappa Shelby en plein cœur. C'était ridicule, puisqu'elle n'avait aucunement l'intention de sortir avec lui. Il était seulement très agréable à regarder.

— Il est célibataire maintenant, ajouta Brooke alors que son petit sourire suggérait qu'elle comprenait la réaction de la jeune comptable.

Sauf que bien sûr, Shelby n'avait pas été déçue. Pourquoi l'aurait-elle été, après tout ?

— Vas-y, l'encouragea Hannah qui se tourna ensuite vers Brooke. Je n'arrête pas de lui dire qu'elle devrait aller se présenter à lui.

Le regard de Brooke passa entre les deux collègues.

— Je peux faire les présentations.

Sa bouche continua de bouger, mais ces cinq petits mots occupèrent tout l'espace dans l'esprit de Shelby et elle n'entendit rien d'autre jusqu'à ce que Hannah l'attrape par les épaules.

— Oui. Parfait. Allons-y.

— Mais...

— Vas-y, répéta Hannah.

Le groupe qui jouait sur la scène de l'autre côté de la pièce terminait sa représentation et les gens commençaient à se masser près du comptoir.

— Nous irons toutes les trois, annonça Brooke avant de se diriger d'un pas résolu vers la foule qui grandissait à vue d'œil devant elles.

Shelby suivit en traînant des pieds, mais rapidement, sa nervosité prit le dessus et elle resta en arrière, malgré l'insistance persistante de Hannah.

Après un moment, Brooke s'immobilisa. Elle se retourna et revint vers Shelby et Hannah avec un sourire amusé aux lèvres.

— Je ne m'attendais pas à ce que tu marches directement vers lui, expliqua Shelby.

— Eh bien, je pensais que j'y allais avec vous...

Un jeune homme bruyant cria quelque chose et l'empêcha de comprendre ce qu'elle disait, sauf ses derniers mots. « Il ne mord pas. »

— Du moins, sauf si tu lui demandes, nuança malicieusement Hannah.

— Je n'y arrive vraiment pas, s'agaça Shelby. Je veux dire, ce n'est pas...

Elle secoua la tête et prit une profonde inspiration.

— Je ne suis pas si intrépide. Tu l'es, toi ?

Elle souhaitait pouvoir lire dans les pensées de Brooke, mais elle ne put que constater que celle-ci semblait confiante.

— Moi ?

Shelby hocha la tête.

— Oui. Est-ce que tu abandonnerais toute prudence

en claquant des doigts comme ça ?

Brooke devint pensive et peut-être un peu triste.

— Oui, acquiesça-t-elle. Ça m'est arrivé.

— Oh.

Shelby et Hannah échangèrent un regard.

— Que s'est-il passé ?

Brooke cligna des yeux.

— Je suis tombée amoureuse, avoua-t-elle, la voix pleine d'émotion.

— Attention, la taquina Hannah. Tu risques de l'effrayer.

Brooke secoua la tête, comme si elle voulait s'éclaircir les idées, puis sourit à Shelby.

— Va lui parler.

Elle leva la main pour faire de nouveau signe à M. Sexy, puis se figea. Pendant un instant, elle resta immobile, et Shelby se rendit compte qu'elle fixait un bel homme barbu tenant un verre de whisky.

Elle se retourna vers ses deux complices avec une expression un peu choquée.

— J'ai... J'ai oublié quelque chose dans les toilettes. Allez-y avant moi. Nolan est un mec sympa. Présentez-vous toutes seules.

— Quoi ?

Mais Brooke détala avant que Shelby puisse ajouter quoi que ce soit. Hannah et elle échangèrent un regard perplexe.

— Qu'est-ce qui lui prend ?

Shelby ne put que hausser les épaules. Elle n'en avait pas la moindre idée.

— Allez viens, la pressa-t-elle. Célia se demande certainement ce que l'on fait.

— Oh, non, l'arrêta Hannah en attrapant son poignet pour l'empêcher de s'enfuir. Ce n'est pas parce que tu as perdu ta compagne de drague que tu dois abandonner ta mission.

Shelby cligna des yeux. Elle était trop confuse pour que les mots de Hannah aient du sens dans son esprit.

— Je veux dire, *on y va*, se corrigea Hannah. Tu es une femme magnifique, intelligente, intéressante et nourrie par le courage liquide que tu as bu et qui coule désormais dans tes veines. Il n'y a aucune raison qui t'empêche d'aller voir ce mec, lui sourire et lui demander s'il veut te payer un verre.

— Mais...

Hannah mit sa main sur sa hanche et darda ses pupilles sur elle en fronçant les sourcils.

— Mais quoi ?

Shelby avait eu l'intention de mentionner qu'elle n'avait pas besoin d'un autre verre, mais elle se contenta de secouer la tête.

— Rien.

Elle déglutit, puis son regard dériva vers l'homme qui avait accaparé son attention. *Nolan*. Brooke avait dit que son nom était Nolan. Il se déplaça pour faire de la place aux nouveaux arrivants qui se pressaient devant le comptoir, et pendant quelques secondes, il disparut de son champ de vision. En revanche, comme s'il avait senti ses yeux sur lui, il pencha la tête un peu sur le côté. Puis, très lentement, il regarda par-dessus son épaule.

Ses yeux rencontrèrent immédiatement ceux de Shelby qui oublia soudainement comment respirer. Sa poitrine se serra et sa peau picota tandis que de l'électricité semblait crépiter entre eux. Pendant un merveilleux moment qui lui coupa le souffle, elle se perdit dans un fantasme en imaginant son contact sur sa peau. Ses mains sur sa taille. Son souffle dans son cou. Ses lèvres sur sa bouche.

Bon sang, elle était vraiment saoule.

Cette pensée la frappa et elle fit involontairement un pas en arrière. Déséquilibrée, elle trébucha et ce fut seulement à ce moment-là qu'elle réalisa qu'il avait quitté sa place pour se placer devant elle. Il la rattrapa, en posant une main sur son épaule et en enroulant son bras autour de sa taille pour l'empêcher de toucher le sol.

— Je te tiens, souffla-t-il d'une voix basse, riche et aussi intime qu'une caresse.

Un petit coin sombre dans son esprit remarqua que Hannah était retournée à la fête et qu'elle était désormais seule avec Nolan. Celui-ci la serrait tout contre lui et sentait probablement les battements désordonnés de son cœur.

C'était sa chance… Elle était presque certaine qu'elle n'en aurait pas d'autres.

Elle prit une inspiration hésitante en rassemblant son courage et chercha les mots parfaits pour ce moment si inattendu.

— Je suis désolée, lâcha-t-elle alors que son esprit et ses tripes l'abandonnaient complètement, mais vous devez vraiment me laisser partir.

QUATRE

Nolan s'appuya contre le bar, une main autour de son verre. Il ne parvenait pas à détacher ses yeux de ce paradoxe aux cheveux foncés.

Client régulier au *Fix*, il était venu ce soir dans le but d'effacer le désagréable arrière-goût qui persistait sur sa langue depuis que Connor l'avait informé que Lauren était en ville. La bière ne l'avait pas ébranlé, mais la fille...

Il devait admettre qu'elle ne l'avait pas laissé indifférent, et ce n'était pas tous les jours qu'une femme attirait autant son attention.

De plus, ce n'était *vraiment* pas tous les jours qu'une femme le fuyait. Au contraire, depuis que la station avait mis sa photo sur quelques panneaux publicitaires et que Connor avait commencé les diffusions en direct sur les réseaux sociaux, il ne se passait pas un jour sans qu'on ne l'aborde.

C'était agréable pour son ego... sauf quand ce n'était pas le cas. Cependant, Nolan ne savait que trop bien que ces femmes convoitaient uniquement sa célébrité, aussi petite et locale fût-elle.

Ça et son sexe.

En revanche, cette fille, apparemment, ne semblait pas du tout intéressée par ces deux aspects de sa personne. Il avait pourtant remarqué les quelques regards qu'elle lui avait lancés. Il l'avait même vue rougir une bonne partie de la soirée.

Cette fille était un paradoxe, c'était certain, et une énigme qu'il voulait désespérément résoudre.

— La Terre appelle Nolan. Tu es avec nous, mec ?

Nolan tourna la tête vers Reece Walker, qui s'était faufilé à côté de lui, une bière à la main.

— Tu connais cette fille ? demanda-t-il en faisant un signe de tête dans sa direction.

Puisque Reece était le manager du bar, si quelqu'un pouvait la connaître, ce serait certainement lui. Son ami passa la main sur son crâne rasé pendant qu'il étudiait la scène.

— Désolé. Je ne l'ai jamais vue auparavant, avoua-t-il avant de désigner du menton le barman. Tu as demandé à Cameron ?

Nolan acquiesça.

— Je n'ai pas eu de chance de ce côté non plus. Il a déjà vu quelques-unes des filles une fois ou deux, mais pas celle qui a les lunettes turquoise, soupira-t-il.

Il porta sa bouteille de bière à sa bouche, puis avala une gorgée avant de la reposer.

— Ça va, ajouta-t-il en lançant un regard désabusé à son ami. J'ai mes méthodes.

Reece ricana, mais ne fit pas de commentaire, et Nolan le remercia intérieurement. De nombreuses années les séparaient de leur première rencontre, après que la demi-sœur de Nolan, Amanda, avait partagé une chambre avec Jenna Montgomery, une des meilleures amies de Reece. Désormais, celui-ci connaissait Nolan un peu trop bien et décryptait aisément la moindre de ses réactions.

— En passant, reprit Reece, est-ce que Jenna t'a parlé de faire quelques annonces pour *Le Fix* dans ton émission ?

Nolan répondit par l'affirmative, avant de continuer :

— Au fait, elle est censée passer au studio dans le courant de la semaine prochaine pour que nous puissions discuter des détails et passer en revue les effets sonores pour les publicités. Amanda m'a donné des informations quand je l'ai vue chez ma mère et Huey dimanche.

Jenna était pressée quand elle lui avait expliqué que le bar subissait une crise financière et que cela les aiderait s'il pouvait parler d'eux ainsi que de leurs événements à venir pour augmenter leurs revenus. Il lui avait assuré qu'elle pouvait compter sur lui, peu importe ce dont ils avaient besoin, et qu'ils pourraient échanger plus sérieusement à ce propos au studio de la station de radio K-I-K-X.

Puis, lorsque Amanda lui avait fait part des détails de ce que Jenna voulait promouvoir, il avait ri si fort qu'il en avait presque craché le scotch-coca que son beau-père lui avait préparé en apéritif.

— Tu es sûre que c'est bon ? insista Reece. Pour la

station ? Pour toi ? La publicité nous aiderait bien pour le bar et le concours.

— Tu plaisantes ? C'est de l'or en barre pour mon émission. Des mecs qui se pavanent sur une scène pour figurer sur un calendrier ? Bien sûr que j'en suis.

— Bien. Souviens-toi seulement que l'idée est d'attirer des clients, pas de leur faire peur.

Nolan leva la main pour effectuer le salut caractéristique des scouts.

— Je promets de traiter toute cette affaire avec tout le respect qu'elle mérite.

Reece leva les yeux au ciel.

— Tu devrais peut-être intégrer le concours. Ça pourrait être drôle.

— Je pense plutôt passer mon tour.

Reece lui donna une claque dans le dos et le remercia pour son aide, puis il ordonna à Cameron de lui offrir son verre. Parfois, c'était vraiment bien d'avoir des amis.

En revanche, tout de suite, il aurait aimé que la femme aux cheveux sombres n'en ait pas autant. Elle n'avait toujours pas quitté le bar et semblait s'amuser à la fête d'enterrement de vie de jeune fille de son amie. Elle ne montrait d'ailleurs aucun signe de fatigue, bien qu'il soit presque minuit, un soir de semaine.

Il grogna intérieurement et maudit leur petit groupe éméché. Il voulait l'aborder seul, goûter ses lèvres. Et surtout, il voulait lui demander pourquoi elle évitait son regard.

Il posa sa bouteille vide sur le comptoir, puis fit signe

à Cameron de lui en apporter une autre. Pendant qu'il patientait, il s'installa confortablement, les bras croisés sur son torse, et considéra le problème. Peut-être qu'il pourrait tout simplement partir. Peut-être n'était-elle tout simplement pas intéressée.

Au même moment, elle se retourna. Ses yeux le trouvèrent avant de fuir de nouveau, comme s'il représentait un petit secret dont elle avait honte. Il retint un petit sourire satisfait, car il venait de comprendre. Elle ne *jouait* pas les filles difficiles à avoir. Non, elle *était* difficile à avoir.

C'était tout ce que Nolan avait besoin de savoir.

Il força les muscles de son visage à se détendre, puis tendit la main pour prendre la bière fraîche que lui apportait Cameron et passa une nouvelle commande. Quelques munitions supplémentaires pour le plan qu'il venait d'imaginer sous l'impulsion du moment ne seraient pas de trop.

Quelques minutes plus tard, il regarda l'une des serveuses approcher sa cible avec un grand verre contenant plein de glace, un liquide clair et un zeste de citron vert. Celle-ci fronça les sourcils, réellement confuse, puis écouta son interlocutrice qui pointa un doigt dans la direction de Nolan. Ensuite, son front se plissa de nouveau et elle écarta les bras afin de montrer ses amies et leur rassemblement de tables maintenant jonchées d'une grande quantité de verres vides et de pichets à moitié pleins de Punch Pinot.

Il ne pouvait pas entendre ce qu'elles se disaient, mais il savait qu'elle protestait qu'elle avait déjà assez bu pour ce soir. Quand il vit ses lèvres parfaites former les mots « je ne peux pas », il put presque entendre le ronronnement de sa voix douce et sexy.

Son amie blonde se rapprocha d'elle lorsque la serveuse poursuivit ses explications. Son paradoxe grimaça, réellement embarrassé, puis remarqua que le sourire de son amie s'élargissait, témoignant de ce qui pouvait seulement être une joie sournoise.

Puis, elle se tourna dans sa direction et leurs yeux se rencontrèrent. Il fut saisi d'une vague de désir pur qui faillit mettre presque un terme à son plan ridicule sur-le-champ. Cela faisait vraiment longtemps qu'il n'avait pas autant désiré une femme et il n'était pas sûr d'aimer ce sentiment.

Ou alors, il aimait trop ce sentiment.

Autour des tables, la femme blonde encouragea sa camarade. Celle-ci tituba vers l'avant, peu stable sur ses talons, de toute évidence ses ennemis jurés malgré le fait qu'ils mettaient en valeur ses jambes et ses fesses.

Elle tourna la tête, mais cette fois, ce ne fut pas pour lever les yeux vers lui. À la place, elle regardait dans la direction opposée, vers ses amies, qui lui envoyaient des encouragements et des œillades furtives. Quant à lui, il fit semblant d'être trop occupé à retirer l'étiquette sur sa bière pour le remarquer.

Toutefois, alors qu'elle s'approchait de lui, il décida qu'il aimait chacune de ses amies, et si le groupe n'était pas complètement ivre, il leur aurait offert une autre tournée. En l'état des choses, il décida plutôt de glisser au barman une carte d'un service de taxi qu'il utilisait

souvent tout en lui demandant de conserver son anony-
mat, mais de s'assurer que chacune des filles soit
informée que leur retour à domicile était pris en charge.

Il fit volte-face juste à temps pour voir son paradoxe
franchir les derniers mètres qui les séparaient. Il voulait
la voir réduire la distance entre eux et observer le petit
roulement de ses hanches, la manière dont ses dents
éraflaient sa lèvre inférieure, la manière dont elle serrait
les poings, puis essuya ses paumes moites sur cette délicieuse robe moulante noire... Mais sa nervosité était si
évidente qu'il dut aller à sa rencontre. Il devait la rassurer. Alors il s'écarta du comptoir et la rejoignit à mi-
chemin, se sentant inhabituellement tendu aussi.

— Vous m'avez offert un club soda, déclara-t-elle.

Il lui fut impossible de savoir au ton de sa voix si
c'était une question ou une accusation.

— Je voulais vous offrir un verre, admit-il, mais j'ai
pensé que du vin ou plus de punch à l'eau-de-vie serait
contre-productif.

— Oh.

Elle se lécha les lèvres, et il dut resserrer son emprise
sur sa bière pour s'empêcher de se pencher d'emblée en
avant pour goûter sa bouche.

— Hmm, pourquoi ?

— Parce que je veux vous embrasser.

Il souhaitait faire beaucoup plus que ça, mais il ne
voulait pas l'effaroucher.

— Et lorsque je le ferai, je veux que vous soyez sobre.

— Oh, murmura-t-elle. C'est dommage.

— Pourquoi ? demanda-t-il en retenant sa respiration,

inquiet à l'idée qu'elle lui dise qu'elle n'était pas intéressée, ni par lui ni par la drague.

Puis, il ne put s'empêcher de fixer sa gorge lorsqu'elle
déglutit. Quand ses pupilles s'ancrèrent aux siennes et
qu'il constata dans ses yeux bleu-gris qu'elle rassemblait
son courage, son sexe se tendit sous un flot de désir si
puissant qu'il le mit presque à genoux.

— Parce que je suis incroyablement ivre, annonça-t-
elle finalement, et je ne veux vraiment pas attendre avant
d'être embrassée.

CINQ

Les yeux de Shelby s'agrandirent et elle fit un pas en arrière en plaquant une main contre sur sa bouche. Avait-elle vraiment dit ça ? Elle ne pouvait pas *vraiment* avoir dit ça.

Sauf qu'elle l'avait bel et bien fait. La chaleur qui s'était embrasée dans les yeux de son interlocuteur quand elle avait prononcé ces mots en témoignait... Une braise qui était devenue une flamme aussi rapidement et dramatiquement que si elle avait jeté une allumette dans une piscine d'essence.

Elle se fit la promesse de ne plus *jamais* boire.

— Je ne... commença-t-elle avant de laisser l'incertitude l'interrompre.

Peut-être ne le voulait-elle pas, mais tout son corps criait le contraire.

— Pas vous ?

De petites rides étaient apparues aux coins de ses

yeux. Elle savait qu'il se moquait d'elle. Mais étrangement, au lieu de l'irriter, sa réaction la détendit.

— C'est dommage si vous ne le voulez pas, poursuivit-il. Parce que je parie que vous le faites très bien.

— Embrasser ?

Elle était si consciente de sa proximité et de l'électricité qui semblait crépiter entre eux que tous les poils de son corps s'étaient hérissés. Ses lèvres... Oh, mon Dieu, ses lèvres picotaient avec des promesses sans réponses, délicieuses, brillantes et interdites.

Il se pencha près d'elle, et son souffle lui chatouilla l'oreille quand il chuchota :

— Tout.

— Oh.

Elle déglutit tout en se demandant comment un simple mot pouvait avoir le pouvoir de la faire fondre. Ce n'était même pas un mot qui avait du sens. D'une certaine manière, ils avaient perdu le fil de leur conversation.

Mais était-ce vraiment le cas ?

Elle ne savait pas. Son esprit était embrouillé. Or, normalement, il n'était *jamais* embrouillé. Shelby se faisait une fierté d'être une personne lucide.

Cela devait être l'alcool. Elle devrait être embarrassée, pas intriguée. Nerveuse, pas excitée. Mais quelque chose chez cet homme l'intriguait. Était-ce dans la manière dont il la regardait ? Ou encore la façon dont elle se sentait en se tenant simplement près de lui ?

Avec un effort surhumain, elle essaya de rassembler ses pensées.

— Je veux dire que je ne *flirte* pas habituellement.

— Vraiment ? Je suis surpris, surtout que vous le faites très bien.

Ses iris gris dansèrent quand elle pencha la tête pour l'examiner. Il rit et leva la main dans un mouvement défensif.

— C'est peut-être le Punch Pinot. Après tout, sous ses airs innocents, c'est un alcool vicieux.

Elle hocha la tête et sembla lui être reconnaissante pour sa compréhension vis-à-vis de son état actuel.

— Oui.

Il fit un pas vers elle et l'odeur de son eau de Cologne s'infiltra délicieusement dans ses narines, un parfum boisé avec une pointe d'épice.

— Ou c'est peut-être moi, murmura-t-il.

Bien que sa voix soit basse, elle entendit chaque mot.

— C'est un peu ce qui m'effraie, admit-elle.

Il se redressa.

— Moi ?

Elle secoua la tête.

— Non. *Moi*, le détrompa-t-elle en s'humectant les lèvres

Puis elle décida d'être honnête :

— Ma réaction en votre présence me déstabilise.

— Ça ne me paraît pas si mal, mais si ça vous fait peur, laissez-moi vous prendre la main et je vous guiderai.

Elle s'esclaffa. Mon Dieu, c'était *vraiment* l'alcool... Puis, elle tendit la main dans sa direction, avant de se rappeler qu'ils étaient en train de flirter en public et que tout le monde pouvait les voir. Ses joues s'enflammèrent et elle regarda autour d'elle, certaine que tout le monde serait bouche bée. Ou pire, prenait des photos du couple lubrique qu'ils formaient tous les deux et qu'on les tournerait en ridicule sur le net.

Sauf que chaque client du bar vaquait à ses propres occupations. Même ses amies avaient cessé de la suivre des yeux la bouche grande ouverte... Toutes, sauf Hannah, qui ne la fixait pas béatement des yeux, mais semblait plutôt la soutenir. Lorsque celle-ci constata que Shelby la fixait d'un air désemparé, elle lui sourit et leva le pouce.

Bon, d'accord. De toute évidence, Shelby n'avait pas encore franchi la ligne de l'humiliation pour elle ou ses amies.

— Jusqu'à quand votre fête dure-t-elle ? s'enquit-il en remarquant que son attention avait dérivé vers la table où elle était auparavant installée.

— Il ne devrait plus y en avoir pour très longtemps. Nous sommes toutes supposées être au bureau pour neuf heures demain, répondit-elle en passant une mèche rebelle de ses cheveux derrière son oreille. Enfin, certaines d'entre nous peuvent pousser jusqu'à dix heures.

— Tôt, alors, commenta-t-il avec un sourire qu'elle ne comprit pas.

En remarquant sa confusion, il expliqua :

— Mon émission se *termine* à dix heures. Elle commence à six heures. Alors habituellement, j'entre dans le studio vers quatre heures trente pour me préparer, même si parfois il m'arrive d'arriver plus tard et de m'y faufiler à cinq heures.

— C'est vrai. Tu travailles à la radio.

— Tu connais mon émission ?

Elle secoua la tête rapidement. *Wood Matin* semblait bien trop extravagant et ne collait pas à ses goûts en matière d'émissions de radio, surtout quand elle commençait la journée.

— Brooke m'en a parlé.

— Oh.

Cela lui apparut ridicule, mais il semblait déçu.

— J'écoute principalement des podcasts, reprit-elle comme pour se justifier de ne pas être l'une de ses auditrices. Des trucs de formation continue.

C'était vrai à quarante-six pour cent. Elle était friande aussi de musique classique, de rock classique et de country. Elle les écoutait essentiellement à partir de son téléphone, surtout pour éviter les bavardages irritants d'un DJ.

Elle grimaça. Elle se sentait coupable à cette pensée quand bien même elle savait que Nolan ne pouvait pas lire dans sa tête.

— Quelque chose ne va pas ?

— C'est seulement... qu'il est plus de vingt-trois heures. Est-ce que vous avez une émission demain ?

— Oui, acquiesça-t-il en changeant de posture.

Sa voix était devenue un peu plus grave, un peu plus riche en émotions. Toutefois, elle était toujours teintée de la même pointe d'amusement, comme s'il ne pouvait s'empêcher de trouver matière à faire de l'humour dans tout ce qui l'entourait.

— *Rejoignez-moi, Nolan Wood, tous les matins de six heures à dix heures sur K-I-K-X, FM 96.3, votre station locale.*

Elle applaudit en riant.

— C'était génial. Vous avez vraiment une voix faite pour la radio.

Il ne rougit pas à proprement parler, mais sembla se délecter du compliment.

— Alors vous devez être au travail dans environ cinq heures ?

— Oui.

— Mais...

— Mais pourquoi est-ce que je suis toujours en train de vous parler plutôt que...

— Plutôt que ?

Il afficha un sourire en coin.

— Plutôt que de vous payer un café et vous aider à dessaouler.

Il tendit la main et lui caressa doucement la lèvre inférieure de son index. Ce simple contact suffit à enflammer son corps de nouveau.

— Je veux mon baiser pour dire bonne nuit, après tout.

Des papillons virevoltaient dans l'estomac de Shelby. La vérité était qu'elle commençait déjà à retrouver ses esprits, ce qui n'était pas nécessairement une bonne chose parce que de nombreux doutes commençaient à la tirailler. Elle imaginait Nolan ici tous les soirs scrutant la pièce jusqu'à ce qu'il trouve une femme à séduire avec sa voix sensuelle.

— Vous en avez fait une science, non ?

Un ombre passa dans son regard et quand il reprit la parole, sa voix avait perdu sa légèreté.

— Vous seriez surprise de voir à quel point je ne fais pas ce genre de choses.

— Flirter avec des femmes ?

— Faire la cour à une femme.

Elle secoua la tête, sans comprendre.

Il se rapprocha d'un pas, faisant un geste entre eux.

— Je ne fais pas ce genre de choses. Je ne fais pas la cour. Je n'ai pas à le faire habituellement.

— Oh.

Elle étudia son visage tout en sachant que c'était certainement un mensonge. Toutefois, l'intensité qu'elle lut dans ses yeux la surprit. Malgré son bon sens qui ne cessait de lui répéter qu'il se jouait d'elle, elle le crut.

— Alors qu'est-ce que vous en pensez ?

Elle se raidit, les yeux grands ouverts et tout son corps complètement en alerte. Les mots sortirent de sa bouche en un petit cri étranglé.

— De quoi ?

— Un café.

— Oh, murmura-t-elle en se détendant un peu. Je ne sais pas. Mes amies...

Elle jeta un œil dans leur direction et cette fois Hannah et Célia l'observaient tout en lui faisant signe. Ses trois autres amies, elles, se dirigeaient déjà vers la porte en lui lançant des clins d'œil appuyés.

Nolan gloussa.

— À en juger par la pression de vos amies, je pense que je vais gagner. Je ne suis pas certain d'avoir déjà vu un groupe d'amies aussi encourageant. Vous pensez que c'est à cause de moi ou de vous ?

— Moi. Je vous l'ai dit, habituellement, je... commença-t-elle en haussant les épaules.

— Vous ne buvez pas de café habituellement ?

Sa voix était d'une incrédulité moqueuse.

— D'accord alors. Je vous offre un thé.

— Je...

Elle avait l'intention de protester, mais elle n'arrivait pas à trouver une raison valable.

— Seulement un café, d'accord ?

Son sourire atteignit ses yeux.

— Seulement un café.

Elle désigna du menton l'avant de la pièce.

— Je vais seulement prévenir mes amies, l'informa-t-elle.

Elle s'empressa de retourner vers ces dernières.

— Il est *si* sexy, s'exclama Hannah qui s'approcha d'elle avec l'intention de lui faire une accolade.

— Je te l'interdis, la contra Shelby. Il nous regarde.

— Nous sommes si fières de toi, reprit son amie en se rasseyant et en faisant semblant d'essuyer une larme. Notre petite fille a grandi...

Shelby leva les yeux au ciel et se concentra sur Célia.

— Est-ce que tu crois vraiment que ça va ? Je veux dire, partir avec un homme que je ne connais pas.

— Oh, s'il te plaît, sourit Célia. C'est Nolan Wood.

— Oui, mais...

— Attends un instant.

Célia leva la main pour appeler l'un des serveurs et une jolie fille aux cheveux ondulés se précipita vers elles.

— Hé, Tiffany. Une question pour toi. Le mec là-bas, est-ce que c'est un client régulier ? Je veux dire que c'est bon si... commença-t-elle en lançant un regard lourd de sens en direction de Shelby qui était presque certaine qu'elle était rouge d'embarras.

— Un café, la coupa hâtivement Shelby. Nous allons seulement prendre un café.

Célia balaya son commentaire d'un revers de la main et reporta son attention sur Tiffany.

— Nolan ? répéta-t-elle. C'est un client régulier, je le vois souvent par ici.

Puis elle se tourna vers Shelby.

— C'est un mec bien. C'est un ami de Reece et Brent et je ne pense pas qu'ils traîneraient avec un connard. À mon avis, tu n'as pas de soucis à te faire.

Shelby voulut demander où se trouvaient Reece et Brent, puis décida que cela n'avait pas d'importance. Nolan avait gagné son sceau d'approbation, ce qui signifiait que le choix lui revenait désormais.

Un air paniqué se peint sur son visage.

— *Vas-y*, l'incitèrent Hannah et Célia en même temps.

— Et tu nous raconteras tout demain matin, ajouta Hannah.

Shelby fit une grimace.

— Hmm, non. Demain matin, je serai sobre et je ne voudrai *pas* en parler.

— Peut-être pas, conclut Hannah en souriant malicieusement, mais ce soir, tu vas prendre du très bon temps.

Ce ne fut que lorsqu'elle fit volte-face pour le rejoindre qu'il remarqua qu'il retenait sa respiration. Il expira, se sentant ridiculement soulagé d'avoir passé le test de ses amies, peu importe de quoi il retournait.

Elle. Son paradoxe aux cheveux sombres. La femme qui avait contre toute attente remué ses tripes.

Puis, il réalisa qu'il ne connaissait pas son nom.

— Nolan Sebastian Wood, se présenta-t-il en lui tendant la main quand elle revint.

— Heu, oui. Je sais. Enfin, je ne connaissais pas votre deuxième prénom. Ça vous va bien.

Il garda sa main tendue.

— Et vous êtes ?

Ses yeux s'agrandirent et même si elle sembla avoir honte de ne pas lui avoir révélé son nom plus tôt, il trouva qu'elle était absolument adorable.

— Shelby, lâcha-t-elle enfin. Shelby Drake.

Elle glissa sa main dans la sienne. C'était un geste simple et poli, pourtant il le traversa de la tête au pied telle une fusée. Il ne voulait pas la lâcher... Et en même temps, il désirait avoir les mains libres pour pouvoir explorer chaque centimètre de son corps plantureux. Il voulait se perdre en elle, en cette femme qui avait réussi à lui faire oublier sa mauvaise journée avec rien de plus que des regards chaleureux, des œillades timides et le plus doux sourire qu'il ait jamais vu.

Avant tout, il avait envie de lui offrir un café. Il parcourut alors son carnet d'adresses mental des cafés du centre-ville qui restaient ouverts tard. Il n'y en avait pas beaucoup, cependant, il savait qu'ils se trouvaient proches de l'un d'entre eux.

— *Halcyon* est ouvert encore pour quelques heures, annonça-t-il une fois qu'ils furent sur le trottoir en face du *Fix*. Ce n'est pas très loin à pied et nous pourrons boire un café et nous préparer des biscuits sandwichs à la guimauve. Qu'en dites-vous ?

— Hmm, oui, pourquoi pas.

— Vous n'aimez pas les biscuits sandwichs à la guimauve ? Parce que je ne plaisante pas. Il y a des petits feux sur chacune des tables, et...

— Vous voulez vraiment un café ?

— Pas vous ?

Elle se lécha les lèvres et il réalisa qu'il n'avait finalement pas du tout envie de prendre un café. Il voulait cette langue sur la sienne, ou à d'autres endroits intéressants.

Il mit les mains dans les poches de son manteau. Son jean était soudain devenu trop étroit.

— C'est seulement que... Je, enfin...

Même dans le noir, il pouvait voir ses joues se colorer.

— Je pensais que le café était un euphémisme.

Oh, mon Dieu, les choses allaient dans le bon sens alors.

— Où vivez-vous ? la questionna-t-il. Et où est votre voiture ?

Comme par hasard, il s'avéra qu'elle était venue avec une amie. Encore mieux, la voiture de Nolan était seulement à un coin de rue, et elle vivait à Clarksville, un quartier aux abords du centre-ville, dans une location derrière la pâtisserie *Sweetish Hill*.

— C'est mignon, commenta-t-il une fois qu'elle eut ouvert la porte après avoir tâtonné pour mettre les clés dans la serrure et allumé les lumières.

— Si vous trouvez mignon ce qui est minuscule, alors oui, je suis d'accord avec vous.

Elle tourna sur elle-même pour montrer la modeste taille de la maison dont le salon propre et confortable était juste assez grand pour une causeuse, un fauteuil inclinable et une télévision. Plusieurs livres en grand format étaient soigneusement empilés sur la table basse, dont un intitulé *La servitude humaine*. Ses chaussures, quant à elles, étaient parfaitement alignées dans un petit meuble de rangement près de la porte et des paniers remplis de couvertures avaient été placés dans un recoin.

— Il y a aussi une cuisine et une chambre, continua-t-elle distraitement. C'est à peu près tout. Je pense que cet endroit servait de maison d'amis pour la maison d'à côté, mais je ne connais pas son histoire.

Elle haussa les épaules.

— Ce n'est qu'une location. C'est assez grand pour moi et c'est près du centre-ville. Je travaille pour une entreprise de gestion financière dans l'immeuble de la Frost Bank. Et, oh, mon Dieu, je parle de manière décousue, non ?

C'était le cas et bien que les femmes bavardes aient pour habitude de l'irriter, il se fit la remarque qu'il pourrait l'écouter toute la nuit.

— Est-ce que vous avez une cafetière ?

Il voulait *vraiment* qu'elle soit sobre avant de faire quoi que ce soit, au point qu'il était sur le point de briser la première règle de ses rendez-vous. Un peu ivre ça allait, non ? Parce que pour le moment, le fait qu'elle soit un peu ivre semblait parfaitement raisonnable pour un premier baiser, une première baise, ou pour toute sorte de premières fois.

Sauf que bien sûr, ça ne l'était pas. Il avait défini des règles strictes après qu'Amanda était venue le voir en pleurs à la fin de son second semestre d'études à l'université du Texas. Elle s'était saoulée, avait couché avec un mec et était terrifiée à l'idée d'être enceinte, ou pire.

Elle ne l'avait pas été, Dieu merci, mais il avait été celui vers qui elle s'était tournée, celui qu'elle avait supplié de garder son secret devant leurs parents et leurs amis, et même devant Jenna, celle à qui Amanda disait pourtant tout. Il avait vu sa peur et sa honte. Elle qui avait planifié chaque étape de sa vie s'était sentie terrifiée à l'idée d'avoir tout détruit à cause d'un choix stupide qu'elle avait fait après une nuit de beuverie.

Pourtant, elle n'avait pas oublié de prendre la pilule. Même ivre, elle avait insisté pour que son partenaire utilise un préservatif. Non, son mal-être n'était pas dû à cela. Il avait déjà été ivre lui aussi et comme Amanda s'était plu à l'appeler avec un sens de l'humour alambiqué, ils avaient eu un « problème de garde-robe ».

— Ce n'est même pas ça. Je suis en colère parce que ce n'était pas moi. Si j'avais été avec Dan, avait-elle expliqué en nommant son petit ami précédent, être ivre aurait été seulement amusant, mais je ne connaissais pas ce mec.

Elle pointa l'arrière de sa tête.

— C'était *ça* qui parlait, qui contrôlait mes gestes. Un centre hormonal, mais pas moi. Je ne le désirais pas vraiment. Je veux dire, je ne le connaissais pas vraiment.

Ils étaient assis au Centre Médial des Étudiants. Ce jour-là, elle avait partagé avec lui ses regrets et ses peurs. Bien qu'elle n'ait pas été enceinte ni infectée, Nolan s'était promis à ce moment qu'il ne coucherait *jamais* avec une femme ivre, préservatif ou pas. Il ne désirait pas les blesser. Plus que cela, il voulait que la femme dans son lit soit là pour *lui*, pas parce qu'elle avait les hormones en ébullition.

Il avait presque trente ans maintenant, et au fil des années, il avait tourné le dos à de nombreuses femmes ivres qui l'avaient abordé. Cependant, il ne parvenait pas à se résoudre à quitter Shelby.

— Une machine à café, répéta-t-il. En avez-vous une ?

Elle cligna des yeux, puis hocha la tête.

— Oui, j'ai une Nespresso.

— Génial. Asseyez-vous, lui répondit-il en indiquant le canapé. Crème ? Sucre ?

— Dans le réfrigérateur et à côté de la machine, mais je le prends noir.

— Noté.

Puis il disparut dans la cuisine qui était remarquablement et encore plus organisée et propre que le salon. Il trouva des tasses organisées par tailles et par couleurs dans le placard au-dessus de la machine. Un présentoir était posé à côté et il sélectionna un café Colombien pour elle en se disant qu'il serait plus fort que celui à la noisette. Il était totalement hors de question de lui servir un décaféiné.

Il ne prit pas la peine de s'en faire un pour lui-même et dès que la machine arrêta de faire du bruit, il attrapa la tasse et la transporta prudemment vers le salon. Shelby était assise sur le canapé gris, la tête renversée en arrière et les yeux fermés, un coussin vert serré contre sa poitrine.

Cette vision envoya des ondes de désir vers son entrejambe, mais il les ignora.

— Voilà votre café, lui souffla-t-il doucement.

Il considéra l'idée de lui proposer de l'aider à se mettre au lit, mais décida que le risque était trop grand. Une fois dans la chambre, il n'était pas sûr d'avoir la force de partir, sauf si elle le foutait dehors. Et il était certain qu'elle ne le ferait pas.

Il se pencha pour poser la boisson sur la table basse tandis qu'elle rouvrait les paupières. Des reflets verts dansaient dans ses iris. N'étaient-ils pas bleus au bar ? Elle lui sourit si gentiment que sa gorge s'assécha.

Ne t'assieds pas. Tu voudras tout simplement rester.

— Merci, le remercia-t-elle.

Puis elle se déplaça pour lui faire de la place tout en prenant la tasse de café pour en avaler une gorgée. Mais il secoua la tête.

— Je devrais y aller.

Ses yeux s'agrandirent derrière le rebord de la tasse. Elle secoua la tête.

— Attendez. Quoi ?

Il fit quelques pas en direction de la porte, ne voulant pas perdre sa résolution. Immédiatement, elle fut sur ses pieds après avoir posé la tasse sur un dessous de verre en pierre.

— Mais... Je pensais... Je veux dire, nous...

— Quoi ?

Il avait envie de se frapper lui-même. Il savait très bien ce qu'elle voulait dire. Il gagnait simplement du temps parce qu'il ne voulait pas la quitter.

Elle déglutit et il vit l'incertitude briller dans ses yeux si fascinants qui semblaient maintenant vert-gris.

— C'est seulement que je n'ai jamais ramené un homme chez moi avant.

Un sentiment qui ressemblait fort à de la fierté grandit en lui, cependant il l'étouffa. Il n'avait vraiment pas besoin que son ego détourne la situation.

— Techniquement, je vous ai ramenée chez vous.

Elle fit un autre pas vers lui.

— Mais nous ne...

Elle s'interrompit et ses joues prirent une teinte rosée.

— Je voulais seulement dire que je voulais... Oh, et puis merde, lâcha-t-elle.

Elle se pencha en avant pour capturer sa bouche dans un baiser si inattendu et délicieux que lorsqu'elle rompit le contact entre leurs lèvres, il la garda dans ses bras avec la peur irrationnelle que s'il la laissait, il ne la reverrait jamais plus.

Il inspira pour se ressaisir et fit appel à toute sa volonté afin de ne pas la tirer vers lui pour un autre baiser plus intense.

— Est-ce que c'est ce que vous vouliez ?

Elle secoua la tête, les yeux rivés sur les siens. Et même si elle ne répondit pas tout de suite, il patienta le cœur battant qu'elle rassemble tout son courage.

— Non, assura-t-elle. J'en veux plus.

Il pesa ses différentes options, considéra ses règles... Puis il admit la seule vérité dont il était certain.

— Moi aussi.

— Nolan...

Il posa un doigt sur ses lèvres pour la faire taire et prit sa décision.

— Fermez les yeux, Shelby. Fermez seulement les yeux.

SIX

Shelby inspira profondément, les yeux fermés, tandis que son corps tremblait de soulagement. Ses lèvres s'entrouvrirent et une douce impatience l'envahit, réchauffant son sang et la rendant étonnamment consciente de tout ce qui l'entourait : la petite brise du ventilateur accroché à son plafond, le faible grondement du trafic routier, le doux grattement des palmiers contre la moustiquaire de sa fenêtre.

Plus que tout, elle était consciente de la présence de Nolan et de sa proximité. Même si elle ne pouvait pas le voir, elle sentait ses yeux rivés sur elle. Et bientôt, leurs lèvres se rencontreraient de nouveau. Elle voulait que ses mains parcourent son corps, qu'elles soient partout à la fois.

Elle ne savait toujours pas ce qu'il lui avait pris, mais elle avait besoin de son contact et de ses baisers. Elle avait besoin de lui, tout simplement.

Elle sentit le changement dans l'air, qui devint

soudain plus lourd, et entendit le son étouffé des chaussures de son invité tombant sur le tapis.

— C'est bon, Shelby. Maintenant, je voudrais que vous fassiez quelque chose pour moi.

Elle acquiesça. À cet instant, elle était volontaire pour presque tout.

— Touchez votre nez.

Elle ouvrit les paupières.

— Quoi ?

Il lui fit un sourire en coin.

— Je vous l'ai dit, chérie. Je veux que vous soyez sobre. Fermez les yeux et touchez votre nez.

— Je suis complètement sobre, protesta-t-elle. Deux, trois, cinq, sept, onze, treize, dix-sept, dix-neuf, vingt-trois, vingt-n... aïe !

Il l'avait attrapée par le poignet et scrutait son visage d'un air perplexe.

— Qu'est-ce que vous faites ?

— Je récite les chiffres premiers jusqu'à cent.

Elle tira sur son poignet pour le libérer de sa poigne et posa les mains sur ses hanches.

— Je parie que *vous* ne pouvez pas les énumérer quand vous êtes ivre.

— Même quand je suis sobre. Touchez seulement votre nez.

Elle fronça les sourcils, mais ne chercha pas à argumenter. Le problème était qu'elle pouvait réciter les nombres premiers dans son sommeil, quand bien même elle était ivre. Elle pouvait le faire en étant sobre, et même en étant anesthésiée. En revanche, que ferait-il si elle ratait son nez ? Elle ne pensait pas être ivre. Peut-être tout à l'heure au bar l'était-elle, mais elle se sentait bien, maintenant. Si elle avait tort...

Elle attrapa sa tasse et avala une grande gorgée tout en ignorant la manière dont il se moquait d'elle. Elle reposa le récipient, se leva et prit une grande inspiration.

Puis elle ferma les paupières, leva sa main libre et avant qu'elle puisse trouver un moyen de le baratiner, toucha le bout de son nez avec un doigt. Elle rouvrit les yeux et lui sourit.

— Voilà, s'exclama-t-elle triomphalement. Maintenant, embrassez-moi.

Dieu merci, il le fit. Il s'approcha pour glisser une main dans sa nuque, puis il lui pencha la tête en avant. Sa bouche s'accordait parfaitement à la sienne, et l'intensité de la connexion électrique qui se créait entre eux la secoua jusque dans ses tripes.

Ils ne se touchaient que par le biais de leurs lèvres et leurs mains et pourtant, elle avait l'impression qu'ils étaient connectés de toutes les manières possibles et imaginables.

— Vos baisers sont si bons, murmura-t-il. Je ne peux pas arrêter de vous embrasser.

— Alors, ne vous arrêtez pas, rétorqua-t-elle.

Elle était totalement d'accord avec cette idée. S'embrasser pour toujours lui paraissait raisonnable au vu des circonstances.

Puis, la seconde main de Nolan se joignit à la partie en parcourant la robe ajustée de sa partenaire. Il trouva son mamelon, dressé sous le tissu élastique, et le palpa doucement. Une nouvelle et délicieuse onde de choc la traversa et elle changea sa position pour approfondir leurs baisers. Ils étaient pour elle l'équivalent d'un bon apéritif, mais elle ne voulait pas se contenter d'un seul plat.

— Venez ici, l'invita-t-il en l'attirant vers la causeuse.

Il fit un signe de tête en direction du livre sur le dessus de la pile.

— Est-ce qu'il y a des indices pour nous, là-dedans ? demanda-t-il pour la taquiner.

Elle suivit la direction de son regard et constata qu'il parlait de *La servitude humaine*.

— Vraiment aucun, le détrompa-t-elle. C'est un classique. Est-ce que vous l'avez lu ?

— Je suis plutôt bandes dessinées, admit-il.

Il la souleva et la posa sur ses genoux de manière à ce qu'elle le chevauche. Il fut alors impossible pour elle d'ignorer qu'il passait un aussi bon moment qu'elle.

— Oh, laissa-t-elle échapper.

— Oui, acquiesça-t-il.

Cependant, son ton suggérait qu'il pensait que son petit cri de surprise était dû à son commentaire sur les bandes dessinées, alors que la sensation de son sexe pressé contre le sien en était à l'origine.

— Vous en lisez ?

— Non, jamais.

Devait-elle continuer cette conversation ou lui ordonner de la fermer et de l'embrasser de nouveau ? Pensait-il qu'elle voulait parler parce qu'elle était nerveuse ?

— J'ai commencé avec *Watchmen*, raconta-t-il tout en traçant du doigt la ligne allant de sa clavicule à son épaule.

Son corps fut traversé d'un frisson et ses tétons se durcirent davantage. Ceux-ci, en manque d'attention, étaient presque devenus douloureux.

— C'est mon préféré.

Il se pencha en avant et pressa ses lèvres contre son épaule, à l'endroit précis qui brûlait toujours de la chaleur de son doigt. Elle soupira d'aise.

Puis, elle fondit encore plus sous la chaleur de ses baisers lorsque sa bouche descendit jusqu'à se refermer enfin sur son sein toujours couvert par le fin tissu de sa petite robe noire.

Il taquina la pointe rosée de sa bouche puis fit courir sa langue sur son décolleté en V avant que ses dents n'éraflent son second téton à travers la matière du vêtement. L'une de ses mains était toujours dans son dos et tenait la base de son cou pour s'assurer qu'elle était assez arquée contre lui pour lui donner accès à cette zone, mais pas assez pour qu'elle ait la sensation de tomber en arrière. Son autre main, quant à elle, était occupée à caresser sa cuisse et montait centimètre par centimètre.

— Nolan, haleta-t-elle.

Sa soudaine offensive la rendait folle. Ses jambes étant de chaque côté des cuisses de l'animateur, le tissu de sa robe était remonté sur ses hanches. À présent, elle était ouverte et vulnérable. En revanche, elle ne se sentait pas gênée. Au contraire, elle bougea les hanches pour apprécier davantage l'importance de son érection sous elle.

Elle était si incroyablement humide. Ce fut une chose qu'il découvrit quand ses doigts explorèrent la douce peau à l'intérieur de ses cuisses, lisse et mouillée de l'évidence qui montrait à quel point elle le désirait.

— J'aime ça, marmonna-t-il avec une honnêteté si crue qu'elle sentit son sexe se contracter.

Prête à l'accueillir, elle souhaitait qu'il la déshabille et la pénètre de sa verge rigide.

— S'il te plaît, le supplia-t-elle.

Pour toute réponse, il glissa ses doigts dans sa culotte pour jouer avec son sexe.

— S'il te plaît, répéta-t-elle alors que la main qui était sur sa nuque descendait sur son décolleté.

Il étira le tissu jusqu'à ce que l'un de ses seins en sorte et les lèvres de Nolan fondirent avidement sur lui.

Ses dents se refermèrent sur son téton et elle s'arc-bouta, criant alors que deux doigts s'inséraient en elle en même temps que la bouche de son compagnon tétait les pointes rosées de sa poitrine. Ces deux actions simulta-nées envoyèrent des ondes électriques entre son sexe et son téton et l'approchèrent si près de l'orgasme qu'elle eut envie de pleurer.

Sans honte, elle se frotta contre lui, proche de la jouissance, mais il mordilla le lobe de son oreille et murmura :

— Dis-moi ce que tu veux.

— Prends-moi. S'il te plaît, Nolan, je te veux en moi.

— Oh, bébé, je pensais que tu ne le demanderais jamais.

Il défit le bouton de son jean tandis qu'elle se soulevait assez pour commencer à retirer sa culotte.

— Non, garde-la. Tire-la seulement sur le côté.

Devant son regard confus, il ajouta :

— Fais-moi confiance.

— Préservatif ? demanda-t-elle.

Elle fut soulagée de le voir en sortir un son portefeuille. Il l'enfila rapidement.

— Rapide ou lent ? questionna-t-il avec un sourire joueur.

— Les deux.

Avant qu'il puisse prendre les rênes, elle se positionna au-dessus de lui et, en un seul mouvement, s'emboîta sur lui en criant tant cette sensation était agréable. Son membre était gros et imposant, mais elle était assez humide et prête pour l'accueillir.

— C'était le rapide, annonça-t-elle alors qu'il riait et l'attirait à lui pour lui voler un baiser. Tu vas devoir m'aider pour le lent.

Il comprit ce qu'elle voulait dire et la saisit par les hanches afin de l'aider à garder un mouvement régulier. Alors qu'elle montait et descendait sur son sexe, le plaisir monta de plus en plus en flèche entre eux.

— Je suis si près, bébé. Tu peux venir pour moi ?

Elle secoua la tête. Il libéra une main de sa taille et la glissa entre eux pour que ses doigts jouent avec son clitoris. Elle continua à le chevaucher, plus frénétiquement maintenant qu'elle sentait la délivrance approcher.

— Maintenant, gémit-elle.

Son corps se tendit sous l'afflux de sensations. Chaque cellule de son corps sembla délicieusement voler en éclat et des étoiles d'un blanc immaculé dansèrent devant ses yeux.

Son vagin se serra autour de son membre, l'emmenant encore plus loin, et quand ils furent tous les deux épuisés, il s'allongea sur le petit canapé pour qu'elle puisse s'effondrer sur lui.

Les yeux de Nolan étaient fermés, mais il les ouvrit pour l'embrasser. Puis, il déclara simplement :

— Waouh.

Elle ne put qu'acquiescer. Puis, elle posa sa tête sur son épaule et sombra dans un sommeil bienheureux.

Ils se réveillèrent une fois dans la nuit et Nolan la transporta à son lit, puis s'allongea près d'elle, chose qu'il ne faisait jamais. Habituellement, il déguerpissait aussi vite que possible. Il y avait toutefois quelque chose chez cette femme qui lui enjoignait de rester, qui lui ordonnait de s'accrocher à elle. Lorsqu'elle ouvrit les yeux et lui demanda ce qui se passait d'une voix endormie, il lui répondit qu'il voulait lui refaire l'amour puisqu'il devrait aller travailler avant qu'elle se réveille de nouveau.

Elle hocha la tête avec un sourire impatient et ils firent l'amour doucement et lentement avant de se rendormir enlacés.

Il fut tiré de son sommeil à quatre heures quinze

lorsque Connor lui envoya un message. Nolan bondit hors du lit et sauta dans ses vêtements. Alors qu'il se dirigeait vers la porte d'entrée, son corps fut secoué par la force d'un bâillement et il fut stupéfait de se rendre compte qu'il avait vraiment peu dormi.

Avec un sourire satisfait, il revint dans la cuisine de Shelby et sélectionna une tasse de voyage dans son placard bien rangé. Il espérait que cela ne la dérangerait pas et était heureux d'avoir trouvé une excuse pour la revoir. Il tapa des doigts sur le comptoir pendant que la machine finissait de faire couler le café, puis il ajouta de la crème pour le refroidir. Ensuite, il se dirigea vers l'entrée et ferma silencieusement la porte derrière lui en s'assurant qu'elle se verrouillait.

La station se trouvait au nord d'Austin sur la voie d'accès I-35, mais il n'avait pas à se soucier de la circulation à cette heure matinale. Il entra dans le studio à cinq heures moins cinq.

— Qu'est-ce qui se passe ? s'enquit Connor, mais Nolan leva la main pour l'arrêter.

— Un rencard, expliqua-t-il avec un sourire et en agitant les sourcils de manière suggestive.

Connor secoua tout simplement la tête, sans parvenir à cacher son amusement, et tendit un classeur à l'animateur.

— Information sur les sponsors. Mannie me l'a envoyé par mail la nuit dernière. Il voudrait que tu le lises et essaies de mettre quelques références dans tes sketches. Il semblerait que les revenus liés aux pubs soient en baisse, donc nous souhaiterions essayer de nous différencier des autres stations, en étant notamment plus naturels avec les placements des produits.

— Génial.

Nolan feuilleta les pages noircies de texte avec dégoût. Son estomac venait de se nouer à la pensée qu'il devrait lire tout cela.

— Voilà.

Nolan leva les yeux assez vite pour avoir le réflexe d'attraper la clé USB que Connor lui lançait.

— J'ai lu et dicté les points forts pour les cinq premiers. C'est seulement un survol rapide, mais je me suis dit que ça te donnerait du matériel pour aujourd'hui. Ça devrait te prendre environ dix minutes à écouter.

Nolan fixa la clé.

— Merci.

Connor haussa les épaules pour lui montrer que ce n'était pas grand-chose.

— Je me suis dit que tu aurais mieux à faire que lire toute cette paperasse.

— Tu as bien raison, acquiesça Nolan en serrant le petit appareil de stockage mobile comme si sa vie en dépendait.

Nolan n'avait pas révélé à Connor qu'il était dyslexique. Il ne n'en avait parlé à personne, sauf à Amanda et aux personnes de la Salle de Lecture et de Tutorat pour Dyslexiques, une association à but non lucratif qui s'était donné pour objectif d'accompagner les enfants dyslexiques. Ses principales missions étaient de les rendre autonomes face à un texte et de leur permettre d'acquérir d'autres capacités visant à améliorer leur estime d'eux-mêmes.

Il travaillait discrètement avec cette association depuis des années, mais bien que son investissement ne soit pas un secret, il ne le criait pas sur les toits non plus.

Peut-être Connor s'était-il simplement aperçu que cela prenait une éternité à Nolan pour prendre connaissance d'une pile de papier. Mais tout ce que celui-ci savait, c'était que son ami ne s'était pas plaint quand, un jour, il lui avait demandé de résumer les nouvelles quotidiennes. Chaque fois que Mannie lui envoyait une grosse quantité de lecture, Connor disait toujours que c'était le travail du producteur de préserver son talent propre de ce genre de tâches ennuyeuses.

Il lança un regard vers Connor quand il brancha la clé, mais il ne posa pas de question. Il valait mieux ne pas savoir la raison qui l'avait poussé à faire cela. Ce n'était pas comme si Nolan voulait parler de son handicap. Il souhaitait tout simplement se concentrer sur son travail et penser à Shelby.

Lorsque six heures sonnèrent, ce fut exactement ce qu'il fit.

— Booooonnnjooooouuuurrr Austin ! Nous sommes jeudi matin et voici *Wood Matin*. Eh oui, c'est un de ces jours où le titre de l'émission est réellement approprié. Bienvenue à tous les auditeurs pour ma nouvelle journée préférée. Oui, c'est vrai, quelque chose a embelli ma journée hier et depuis, je saute partout avec cette bonne énergie.

Il pressa le bouton de sa console et la voix d'une femme sexy ronronna : « Oooh, Nolan. Dis-m'en plus. »

— Bon, vous savez qu'un gentleman n'embrasse jamais en racontant par la suite tout ce qui s'est passé, mais je vais vous donner un indice. Nous allons revenir avec la circulation après un peu d'AC/DC.

Alors qu'il terminait son riff, il baissa le son de son micro au profit de *Shook Me All Night Long* puis s'installa confortablement dans sa chaise et lança un sourire satisfait vers Connor. Il passa les trois minutes et trente-deux secondes qui suivirent perdu dans de doux souvenirs.

SEPT

La sonnerie aiguë de son téléphone portable interrompit le rêve érotique de Shelby. Toujours à moitié endormie et souriante, elle tâtonna pour le trouver, accepta l'appel sans faire attention à l'écran et murmura :

— Nolan...

— Quoi ?

Alan.

Elle se redressa et immédiatement se sentit complètement réveillée. Les couvertures se rassemblèrent autour de ses hanches et révélèrent toute sa nudité. Elle les tira vers le haut pour couvrir sa poitrine.

— Qu'est-ce que tu as dit ?

— J'ai dit Alan, mentit-elle. Désolée, j'étais endormie. Qu'est-ce que tu crois que j'ai dit ?

Idiote. Elle se frappa la tête de la paume de la main, puis regarda autour d'elle dans la chambre, mais l'homme dont elle avait prononcé le nom avait disparu. Pendant un instant, la déception et la mortification se battirent en elle. Puis, elle se rappela qu'il l'avait avertie qu'il partirait avant qu'elle ne se réveille.

Ainsi, il n'avait pas quitté sa maison sans la prévenir, ce qui était assez agréable pour son ego.

Dans l'ensemble, cela n'avait pas beaucoup d'importance. Il n'avait pas suggéré qu'ils se revoient et ils n'avaient pas prévu de se retrouver après le travail ou dans le week-end. Pourquoi le feraient-ils ? Il était une célébrité locale après tout. Il devait avoir un rendez-vous avec une femme différente toutes les nuits, et ce jusqu'à la fin des temps.

Cela lui convenait, parce que bien que Nolan ait été une agréable diversion – une *très* agréable diversion – il ne rentrait pas du tout dans son plan de vie. C'était un homme qui animait une émission de radio connue pour être tapageuse et osée.

Alors non, il n'était pas fait pour elle. Pas comme l'homme à l'autre bout du fil qui, lui, répondait à tous les critères.

— Je t'ai réveillée ? gloussa Alan. Toi et les filles avez dû passer la soirée entière à cet enterrement de vie de jeune fille.

— Oh, oui. On pourrait dire ça.

Elle sentit la lente brûlure de l'embarras se glisser dans son corps.

— Attends. Quelle heure est-il ?

— Presque neuf heures.

— *Aïe.* Je dois partir.

Shelby sauta hors de son lit, puis regarda autour

d'elle. Elle souhaitait se couvrir de son peignoir, mais ne parvint pas à le trouver.

— Écoute, je dois y aller. Est-ce que nous pouvons parler plus tard ?

— Bien sûr. J'appelais seulement pour te rappeler ce que nous avons de prévu pour demain. On dîne chez tes parents.

— Avec le doyen du département, compléta-t-elle. Je m'en souviens. On se rejoint là-bas ?

— Ne sois pas ridicule. Je viendrai te chercher à dix-huit heures.

Elle sourit lorsqu'ils raccrochèrent tous deux. Alan avait des manières impeccables et ils passaient toujours un moment agréable quand ses parents organisaient une fête à la faculté. Elle était certaine que ce serait une merveilleuse soirée, du genre qu'elle appréciait inévitablement, avec beaucoup de conversations intéressantes à propos de théories mathématiques qu'elle trouvait fascinantes, mais qui n'avaient pas lieu d'être dans son travail.

Elle se doucha et s'habilla rapidement en ignorant la robe froissée de Hannah sur le sol de la salle de bain. Puis elle s'empressa de se rendre à l'immeuble de la firme Brandywine Finance & Consulting, en ne s'arrêtant à aucun feu rouge sur le chemin.

Elle était déjà dans l'ascenseur quand elle reçut un message de Hannah. *Où es-tu ?*

Shelby fronça les sourcils et tapa rapidement sa réponse en espérant que son retard n'avait pas été remarqué. *Dans le hall. J'ai trop dormi. Dis-moi que F ne me cherche pas.*

F désignait Frank Talbot, le supérieur direct de Shelby. C'était lui qui l'avait formée à être au travail à huit heures pour avoir le temps de s'organiser avant que la journée ne commence.

Reste cachée.

Shelby soupira, mais accéléra le pas en se demandant quel type de crise avait pu atterrir sur son bureau. Celle-ci était très certainement majeure si Hannah était au courant, puisque cela signifiait que le département juridique était impliqué. *Merde.* Elle trotta sur le reste du chemin, heureuse d'avoir de nouveau ses chaussures confortables aux pieds.

— Qu'est-ce qui se passe ? s'informa-t-elle en faisant irruption dans son bureau.

Célia, Hannah, Leslie, Kayla et Ria se tenaient rassemblées autour de son secrétaire.

— Ma fille, qu'est-ce que tu as fait la nuit dernière ? s'enquit Kayla.

Kayla était une femme noire éblouissante qui portait ses cheveux si courts que l'on pouvait voir son crâne. Son style accentuait ses grands yeux qui aujourd'hui semblaient encore plus imposants et perçants que d'habitude. Ses pupilles fixaient Shelby avec un mélange de surprise et de respect.

Ria, quant à elle, gloussa. Elle était assise sur le rebord du secrétaire de la jeune comptable et balançait machinalement ses pieds enfermés dans des chaussures compensées de cinq centimètres. Mesurant un mètre trente, Ria essayait toujours de paraître plus grande qu'elle ne l'était.

— Je crois que la question est : qu'est-ce qu'elle n'a *pas* fait.

— N'est-ce pas ? rebondit Hannah. Ma petite fille a grandi. Je suis si fière !

Les cinq femmes rirent, mais Shelby sentait son esprit bouillonner d'inquiétude.

— Alors tout cela n'a rien à voir avec Frank ?

— Ferme la porte, lui indiqua Hannah même si elle se déplaça pour le faire elle-même.

Puis, elle se tourna vers Célia.

— Vas-y, lui lança-t-elle.

Celle-ci pressa un bouton sur son téléphone et le posa au milieu de la surface plane du secrétaire.

— Ils ont une application, expliqua Célia.

— Qui ? demanda Shelby.

Mais sa collègue l'ignora et poursuivit comme si de rien n'était :

— L'émission se déroule en direct. Mais parfois, il y a même des vidéos.

— C'est vraiment amusant, ajouta Kayla, d'un ton d'excuse alors que les dernières notes de *Crazy on You* de Heart's se terminaient. Il est vraiment doué, même s'il est en direct, et ce n'est pas comme s'il t'avait nommée.

Oh, mon Dieu. L'inquiétude de Shelby grimpa en flèche jusqu'à atteindre un niveau d'appréhension insoutenable. Lorsque Hannah poussa une des chaises pour les invités derrière elle, elle s'assit sans poser de questions.

— Nous sommes de retour !

La voix de Nolan emplit la pièce et même si Shelby

était à cinq mille pour cent sûre qu'elle n'aimerait pas ce qu'elle allait entendre, elle ne pouvait nier l'effet que sa voix douce et sensuelle avait sur son corps... Ou sur les souvenirs décadents qui emplissaient sa tête.

Elle croisa les jambes nonchalamment, puis posa ses mains sur ses genoux en respirant délibérément par le nez.

— Nous avons le temps pour une dernière requête. Souvenez-vous, les amis, après une seule nuit, je ne peux pas dire si elle a changé mon monde, mais elle m'a définitivement chamboulé. Alors voilà le thème. Essayez de deviner le prochain titre que je vais jouer. Si vous réussissez, vous gagnerez deux tickets pour le prochain concert de Pink Chameleon à San Antonio, tout cela parce que je suis de très bonne humeur aujourd'hui.

— *Ooooh, Nolan. Dis-m'en plus !*

— Ah ah ah. Croyez-moi, il est bien trop *difficile* de décrire comment je me sens. C'est peut-être pour cela que nous avons appelé l'émission *Wood Matin*. Salut l'ami. Quel est votre nom ?

Il parlait d'elle. Cette simple réalité la frappa pendant que Nolan discutait avec un homme qui s'appelait Tommy. Il était en train de parler *d'elle*. À la radio.

Pas seulement ça, mais il parlait d'elle *et* d'érections *à la radio*.

— Quel connard ! cracha-t-elle en attrapant le téléphone pour en inspecter l'écran. Je peux appuyer sur ce petit bouton pour appeler l'émission ?

— Tu es folle ? s'exclama Hannah. Qu'est-ce que tu vas dire ?

— Je vais lui demander d'arrêter.

Lui avait-elle donné son accord ? La nuit dernière, lorsqu'elle avait plaisanté à propos de leur nuit trop torride pour la radio, avait-il vraiment pensé qu'il *pouvait* évoquer librement leurs ébats ?

— Tu ne peux pas appeler, argua Leslie. Quelqu'un va reconnaître ta voix.

— Merde.

Elle laissa tomber le téléphone devant elle, puis grimaça en entendant Célia lancer un « Hé ! » de protestation.

— Désolée.

Elle inspira une grande goulée d'air et essaya de se calmer, mais sans succès.

— Cela n'a pas d'importance si j'appelle. Tout le monde est au courant à présent. Qu'est-ce qu'il *fout* ? Tout le monde dans ce bar sait qu'il s'agit de moi.

— Non, seulement nous, tenta de la rassurer Ria, et nous ne le dirons à personne.

— Tu ne vas jamais au *Fix*, embraya Hannah. Personne ne connaît ton nom.

— Et quand bien même le personnel le connaîtrait, il ne le dévoilerait pas, lui assura Leslie.

Shelby fixa Kayla qui haussa les épaules.

— J'avoue que je n'en sais rien. Tout du moins, je *doute* que quelqu'un soit au courant.

— Je pourrais appeler le studio, réfléchit Shelby. Le bureau, je veux dire. Comme ça, je ne serai pas dans l'émission.

Hannah s'appuya contre le coin du secrétaire.

— Si tu veux vraiment lui parler de ça, tu devrais l'appeler chez lui.

Shelby passa sa langue sur ses lèvres sèches.

— Je n'ai pas son numéro.

Ses cinq amies échangèrent des regards perplexes.

— Alors, exposa lentement Hannah, je crois que c'était seulement un coup d'un soir pour lui. Demain, il parlera d'autre chose et personne ne se souviendra de ce qu'il a dit aujourd'hui.

Shelby se sentit dépitée, malgré le fait qu'elle s'était déjà persuadée que son aventure avec Nolan n'irait pas plus loin. Et bien que son annonce sur les ondes ait *vraiment* renforcé ce sentiment, elle réalisa douloureusement qu'elle avait été un coup d'un soir sans même s'en rendre compte. Cette prise de conscience la heurta violemment.

Un coup d'un soir avec un homme qui lui avait fait ressentir des choses qu'elle ne pensait pas ressentir un jour et lui avait fait miroiter des choses qu'elle ne désirait nullement avant de le rencontrer. Il l'avait fait supplier et rire, et elle avait partagé la meilleure expérience sexuelle de sa vie avec lui. Puis il était parti et avait utilisé leurs ébats sexuels pour nourrir son émission de radio. N'avait-elle été qu'un divertissement, une source d'inspiration éphémère pour lui ? Cette pensée la mettait mal à l'aise.

— C'est un cauchemar, murmura-t-elle. C'est un cauchemar qui prend des proportions énormes.

— Oh, merde, laissa échapper Leslie en regardant sa montre. J'ai un entretien dans dix minutes. Allez chérie, ne t'inquiète pas, ça va aller.

Elle serra l'épaule de Shelby et se dirigea vers la porte.

Après son départ, la jeune comptable se pencha en avant pour mettre sa tête entre ses jambes tandis que Célia mettait l'émission en pause.

— Oh, mon Dieu. Et si Alan, mes parents, ou même Frank l'apprenaient ?

— Apprendre quoi ?

La voix familière et profonde de son supérieur survint de derrière elle et elle sauta instinctivement sur ses pieds, mais la main de Hannah qui appuyait sur son dos la força à garder la tête baissée.

— Qu'elle a un gros problème intestinal, expliqua cette dernière. Son médecin a dit que ce n'était pas contagieux, alors elle est venue, mais les crampes et, vous savez, les allers-retours aux toilettes...

Hannah laissa sa phrase en suspens tout en grimaçant pour faire illustrer sa compassion.

— Je lui ai dit qu'elle aurait dû appeler, mais elle est trop responsable.

— Shelby, pour l'amour du ciel, est-ce que tu te sens aussi mal ?

— Oui, monsieur, répondit-elle dans un filet de voix en songeant que ce n'était pas totalement un mensonge.

— Tu ne travailles pas dans le commerce, tu sais. Tu es une professionnelle. Tu peux gérer tes propres horaires. Fais déplacer tes rendez-vous par ton assistante et rentre chez toi.

— Bien. C'est ce que je vais faire... Merci.

Elle ne releva la tête qu'après avoir entendu la porte claquer derrière elle, puis se leva.

— Tu es une menteuse incroyable. Mais je suis quand même complètement fichue.

— Non, tu ne l'es pas, objecta fermement Hannah.

— Sauf si tu parles de la nuit dernière, glissa Kayla.

Elles éclatèrent toutes de rire, même Shelby qui comprit que cela devait être de l'humour grivois. Bien que cette situation la fasse se sentir mal, être avec ses amies l'aidait à faire face à la réalité, si effrayante et dérangeante soit-elle.

Il avait parlé d'elle... Il avait parlé d'elle et de sexe. Dans une émission de radio.

Cette simple vérité la bouleversa et continua de lui trotter dans l'esprit alors même qu'elle était rentrée chez elle. Elle se fit du café et des cookies à l'aide d'une préparation industrielle, puis se laissa tomber dans son canapé pour végéter devant la télévision.

Au bout de quelques heures, elle éteignit l'écran en réalisant que se morfondre n'empêchait pas les pensées meurtrières ni celles lascives que lui inspirait Nolan, de s'insinuer sournoisement en elle. Après tout, ce même canapé avait été le cadre de ce qui était maintenant un souvenir agréable. Du moins, ça l'était jusqu'à ce que cette stupide émission de radio le souille.

— Et puis merde, marmonna-t-elle.

Elle attrapa et ouvrit *L'homme qui défiait l'infini*, une biographie d'un génie des mathématiques autodidacte qu'elle avait commencé à lire quelques nuits auparavant.

Si quelque chose pouvait lui enlever Nolan de la tête, c'était bien les mathématiques, et au bout d'une demi-heure, cette théorie s'avéra. Elle s'absorba complètement dans la beauté de l'histoire. Tellement, qu'elle sursauta quand elle entendit de forts coups contre la porte.

— Shelby ? C'est Nolan.

Elle se figea, avant de réaliser que les stores étaient baissés et qu'il n'avait donc aucun moyen de la voir. Alors, elle posa doucement son livre et s'installa dans l'entrée de sa maison.

Elle n'était pas certaine de savoir pourquoi elle ne l'avait pas tout simplement ignoré. Elle n'avait aucunement l'intention de lui ouvrir ou de lui parler, principalement parce qu'elle ne savait pas quoi lui dire. Il ne lui avait nullement laissé le temps de planifier leurs retrouvailles ni de s'entraîner. Mais étrangement, elle s'était sentie attirée par sa voix. Maintenant, elle se tenait à quelques centimètres de lui, la paume posée sur le bois qui les séparait l'un de l'autre.

— Shelby ? Je n'ai pas ton numéro, alors je n'ai pas pu t'appeler avant, mais je sais que tu es là.

Puis, il ajouta d'une voix légèrement différente, comme s'il était un acteur qui jouait deux rôles :

— Sauf qu'elle ne l'est peut-être pas. Elle est peut-être partie marcher ou faire une balade à vélo. Ou elle est peut-être avec une amie. Merde, peut-être qu'elle est dans les bras d'un autre homme et dans ce cas, je devrai peut-être le tuer. *Shelby.*

Son nom, accompagné du son strident de la sonnette,

la fit sursauter et mettre une main devant sa bouche pour étouffer son léger cri.

— J'ai ta tasse de voyage. Si tu n'ouvres pas, je la garde en otage pour avoir une rançon !

Il y eut une pause et elle entendit la seconde voix :

— Elle n'est pas là, idiot. Laisse la tasse et pars.

Elle posa la main sur la poignée de la porte et fut *presque* sur le point de le tourner. Cependant, elle n'osa pas et resta debout, immobile et silencieuse contre le battant pendant de longues secondes avant d'entendre le couvercle de sa boîte aux lettres grincer, le tintement de la tasse qui en frappa le fond, puis le son des pas de l'animateur s'éloigner dans les escaliers.

Quand enfin le ronronnement de son Audi qui partait parvint à ses oreilles, elle s'effondra sur le sol, la tête appuyée contre la porte, et pleura toutes les larmes qu'elle retenait depuis le début de la journée.

HUIT

Nolan n'aurait jamais dû en parler à Connor. Mais il n'avait jamais été aussi désemparé à cause d'une femme de toute sa vie.

— Nous sommes sortis, avait-il avoué à son ami ce matin-là avant le lancement de l'émission. Nous avons passé un superbe moment. Et maintenant, rien. J'ai même laissé ma carte dans la tasse de café quand je la lui ai rendue. Pas de mail, pas de message, pas d'appel, rien.

— Déconcertant, avait sèchement répondu le producteur.

— Quoi ?

— Oh, allez, Nolan. Tu as tant de femmes qui te courent après que tu as oublié que certaines femmes ne chassent pas les célébrités ? Elle ne veut peut-être pas que sa vie soit affichée sur les ondes.

— Toute ma vie est une matinale, avait soupiré Nolan. Ce n'est qu'une routine. Et elle était anonyme.

— Ce n'est peut-être pas sa routine, avait avancé Connor. Et pour elle, ce n'était pas anonyme.

— Oh, je t'emmerde, avait rétorqué Nolan parce qu'il détestait quand son ami avait raison.

Après cela, il n'avait plus abordé le sujet avec Connor, ni n'avait improvisé dessus à l'antenne. À la place, il avait joué *The Sound of Silence* de Simon & Garfunkel sans faire de commentaires.

À l'instant même où l'émission se termina, il voulut se frapper la tête contre les murs. Il n'avait pas été bien toute de la matinée, toute son énergie ayant été drainée par les mots de Connor.

Le pire, c'était qu'il travaillait demain parce que Wayne, l'animateur du samedi matin, était en vacances. Il devrait donc passer une autre journée à tâtonner maladroitement à l'antenne au lieu de se détendre et récupérer son moral.

Quel enfer.

Il songea à obtenir une seconde opinion auprès d'Amanda, mais il n'en avait pas besoin. Connor avait raison. Jusqu'à présent, Nolan avait seulement vécu dans sa bulle de bonheur et, comme il le faisait tout le temps et avec tout, l'avait étalée sur les ondes.

Il voulait la revoir. Par conséquent, il était censé arranger les choses entre eux d'une manière ou d'une autre.

Il attendit jusqu'à dix-sept heures trente, en espérant qu'elle serait de retour de son travail, puis il alla chez elle. Comme la dernière fois qu'il était venu, sa voiture était garée devant sa maison. De nouveau, il monta l'escalier. Il frappa deux fois et attendit sur le porche, déplaçant son poids d'un côté à l'autre, même s'il se disait qu'il perdait son temps parce qu'elle n'ouvrirait pas cette maudite porte.

Puis, il perçut l'agitation de quelqu'un qui se précipitait à travers le salon vers l'entrée. Il l'entendit dire :

— Tu es en avance ! Attends un instant !

Il retint sa respiration quand la chaînette cliqueta et que le battant s'ouvrit.

— Tu avais dit dix-huit... *oh !* Nolan.

Il anticipa son mouvement, car il sentait qu'elle avait envie de la refermer, et fit un pas en avant.

— Je suis désolé. S'il te plaît, ne claque pas la porte.

— Je n'allais pas le faire, le détrompa-t-elle.

Néanmoins, elle resta dans l'embrasure et lui bloqua le passage. Manifestement, elle n'avait nullement l'intention de le laisser entrer.

— Tu es jolie, la complimenta-t-il.

Et il le pensait sincèrement. Elle était aussi assez différente de la dernière fois qu'il l'avait vue. S'il l'avait croisée dans la rue, il ne l'aurait peut-être pas reconnue. Elle portait un tailleur gris et un chemisier boutonné blanc. Ses chaussures étaient fermées, plates, et l'ensemble ressemblait à quelque chose que sa mère pourrait revêtir pour aller à l'église. Elle avait également enfilé des bas, mais il avait le sentiment que c'était des collants et qu'aucun sous-vêtement sexy n'était caché sous sa jupe.

Étonnamment, le simple fait qu'elle soit devant lui dans cette tenue, cet ensemble bien boutonné, lui donna envie de la serrer dans ses bras et de l'embrasser.

— Qu'est-ce que tu veux, Nolan ?

— Pardon ? Je te l'ai dit. Je voulais m'excuser. Je n'aurais pas dû balancer tout cela à la radio. J'étais... C'est seulement que je n'ai pas vraiment de filtre quand je fais mon émission. C'est ce qui garde ma cote d'écoute haute, mais j'aurais dû prendre en considération ce que tu pourrais ressentir.

— Ce sont de très belles excuses. Merci.

Il sourit. Tout compte fait, cela s'était vraiment bien passé.

— Écoute, je suis sur le point d'aller manger un morceau. Tu te joins à moi ?

— Oh.

Elle passa la langue sur ses lèvres qu'il désespérait d'embrasser. Si elle ne voulait pas sortir, peut-être pourraient-ils commander...

— Désolée, reprit-elle en évitant de croiser son regard, mais je ne peux vraiment pas.

Elle redressa la tête et ses pupilles s'ancrèrent aux siennes. Son expression le suppliait de ne pas compliquer la situation.

— J'ai passé un très bon moment mercredi. Vraiment. J'accepte tes excuses. Mais cette fille mercredi... Ce n'était pas vraiment moi.

— Ai-je rencontré des extraterrestres ? Des cobayes ? Des clones ?

Elle leva les yeux au ciel.

— J'étais ivre.

Il se rapprocha d'elle et puisqu'elle ne lui cédait pas de terrain et continuait de bloquer l'entrée de sa maison, ils se retrouvèrent à quelques centimètres l'un de l'autre. La conscience de leur proximité ne le laissa pas indifférent et à en croire ses regards en coin désespérés, il était certain qu'il n'était pas le seul à éprouver du désir.

— Tu n'étais pas ivre, répondit-il simplement. Nous avons travaillé dur pour établir les bases de notre relation.

— J'étais submergée.

— Je ressens la même chose.

— Écoute, Nolan. S'il te plaît, va-t'en.

— Allez, Shelby. Nous avons passé un bon moment ensemble. Allons manger un morceau et seulement parler cette fois.

— Je... Je...

— Quoi ?

— Je vois quelqu'un, lâcha-t-elle. Son nom est Alan. Il est professeur.

— Oh.

Pendant quelques secondes, il ne trouva rien à dire et réalisa que sa petite confession l'avait davantage ébranlé qu'il ne l'aurait voulu.

— Je sais que je n'aurais pas dû... Je veux dire au bar... Mais j'étais *vraiment* saoule au départ. J'ai passé du très bon temps avec toi, mais je n'avais pas l'intention de bâtir quelque chose entre nous...

Elle s'interrompit comme si elle était tout à coup à court de mots. Nolan considéra l'option consistant à lui rendre la tâche facile en partant dès maintenant. Sauf que cela ne serait pas simple pour lui. Il se fabriquait des excuses, mais il l'avait tenue dans ses bras. Il avait senti son corps trembler autour du sien. Elle avait peut-être un petit ami, mais elle le voulait lui. Il en était certain.

Alors il resta. Il baissa les yeux vers sa main gauche puis son regard remonta vers ses yeux.

— Je ne vois pas d'alliance et je ne vois pas ton mec.

— Je... enfin, non et alors ?

Il haussa un sourcil et lui lança un grand sourire malicieux.

— En amour comme à la guerre, tous les coups sont permis.

— Ça n'a rien à voir avec l'amour ou la guerre.

— Dans le sexe et le péché, tous les coups sont permis, n'est-ce pas ?

Ses lèvres se retroussèrent, mais elle resta maîtresse d'elle-même et secoua la tête.

— Écoute, Nolan. Nous ne sommes pas vraiment... compatibles.

Il tendit la main, puis enroula une mèche de ses cheveux autour de son doigt avant de longer la ligne de sa mâchoire.

— Nous ne le sommes pas ?

Shelby frissonna sous son contact, et un sentiment de victoire réchauffa le cœur de l'animateur.

Elle laissa échapper un profond soupir.

— Je vais admettre que j'ai une faiblesse pour toi, mais c'est seulement parce que je ne sors pas beaucoup, et tu...

— Te fascine ? Te titille ? T'excite ?

— Me déconcerte, répliqua-t-elle fermement.

— C'est vrai ?

Il lui lança son plus beau sourire séducteur.

— Dans ce cas, je serais ravi de te déconcerter encore.

— S'il te plaît, arrête. J'ai un rendez-vous et tu dois y aller.

— *Un rendez-vous ?*

Il fit volte-face et vit une Lexus tourner dans la rue.

— S'il te plaît, pars, le supplia-t-elle avec une note de panique dans la voix.

— D'accord, céda-t-il. Mais je voudrais que tu saches que Ben Franklin est mon héros personnel.

Elle fronça les sourcils et secoua la tête, confuse.

— De quoi parles-tu ?

— Si je ne réussis pas du premier coup... commença-t-il. Appelle ça un avertissement.

Elle leva les yeux au ciel.

— Benjamin Franklin n'a jamais dit ça.

Nolan haussa les épaules, puis pointa un doigt dans sa direction.

— Peut-être pas, concéda-t-il, mais il aurait dû.

Shelby était devant la porte d'entrée de la maison de ses parents. Sa main était serrée sur celle d'Alan alors qu'ils souhaitaient une bonne nuit à un petit groupe de membres de la faculté qui étaient venus pour la soirée.

Le doyen tapota l'épaule d'Alan et sourit à la jeune comptable.

— Cet homme a de l'ambition. C'est un bon gars.

— Je sais, répondit-elle en se forçant à sourire.

Habituellement, elle aimait les dîners de faculté chez ses parents, mais ce soir, c'était à la limite du supportable, et c'était la faute de Nolan, bien sûr. Elle n'avait cessé de songer à sa promesse, ou plutôt sa *menace*, qu'il ne la laisserait pas en paix. Or, elle n'avait pas besoin de ce genre de complications dans sa vie bien ordonnée.

Elle soupira tout en fermant la porte derrière le dernier invité. Elle avait envie de marcher, et de se faire la morale pour avoir brisé ses règles.

— Quelque chose ne va pas ? demanda Alan en lui caressant la joue.

Ses yeux bruns étaient remplis d'inquiétude.

— J'aimerais aussi savoir ce qui te tourmente, intervint sa mère. Tu étais très silencieuse ce soir.

Sa mère était grande et avait la taille aussi fine que celle d'une ballerine. Elle avait tendance à porter ses cheveux relevés, sauf quand elle était seule à la maison, et ce style rendait leur ressemblance encore plus évidente. À présent, elle retirait les dernières pinces de ses cheveux foncés qui tombèrent gracieusement sur ses épaules. C'était le seul attrait qu'elles avaient en commun et Shelby était ravie d'avoir hérité des beaux cheveux de sa mère.

— Ce n'est rien. Seulement des trucs qui se passent au travail.

Elle s'appuya contre le torse de son père et se détendit dans son accolade chaleureuse

— Des ennuis ? s'enquit sa mère. Parce que tu dois garder à l'esprit que les politiques d'entreprise et les règles sont là pour une raison. Tout comme les règles de l'académie. Tu les suis, tu grimpes les échelons, et une fois en haut, la vue est bien plus dégagée. À l'heure actuelle, ta vue est obstruée par tous les autres qui essaient de monter en même temps que toi.

— Je sais, maman.

Elle était consciente de l'éthique professionnelle de ses parents et de leur ténacité. En revanche, leur conseil ne s'appliquait pas vraiment à la situation dans laquelle elle se trouvait. Ce n'était pas qu'elle ne voulait pas partager le réel problème avec sa mère. Sans doute le ferait-elle, mais pas avec Alan dans les parages.

— C'est seulement un cafouillage avec un audit. Le client n'a pas fourni certaines informations et a rendu sa vie difficile, et la mienne aussi par la même occasion.

C'était un demi-mensonge. Ce n'est pas ce qui pesait actuellement le plus sur son esprit, et heureusement, elle avait déjà un plan pour gérer l'audit Thompson.

— Tu vas trouver une solution, la rassura Alan en lui volant un baiser et en l'attirant à lui. Tu es trop douée pour ne pas le faire.

— Merci.

Elle s'abandonna à son étreinte, se lova contre son long corps mince et respira profondément son odeur en se souvenant qu'il remplissait chacun de ses critères. C'était de toute évidence un homme qui la soutiendrait et la comprendrait. Avec lui, elle fonderait une famille où les vrais problèmes étaient gérés en face à face, où on n'en rigolait pas et parlait des choses en privé, et non pas sur les ondes.

— Hé, lui souffla Alan en la repoussant légèrement. J'aime l'affection, mais respirer aussi.

— Désolée, s'excusa-t-elle en se forçant à sourire. Je me suis laissée emporter.

N'était-ce pas la vérité ?

— Tu es certaine que tu n'es pas en colère contre moi ? la questionna Alan une fois qu'ils furent dans la cuisine alors que Shelby remplissait le lave-vaisselle en même temps que lui le vidait.

— Tu veux dire à propos de demain ? Ne sois pas bête.

Alan avait appris seulement ce matin-là que son département voulait qu'il fasse un discours la semaine prochaine devant des visiteurs en provenance de trois universités étrangères. Même s'ils avaient initialement prévu d'aller ensemble au mariage de Célia samedi, elle lui avait assuré que cela ne la dérangeait pas de s'y rendre seule s'il devait se préparer pour une aussi grande occasion.

— Je sais à quel point ton emploi du temps est serré. Et je suis assez grande pour manger du gâteau de mariage et m'asseoir avec mes amies toute seule.

— Et vous voulez faire de votre mieux, poursuivit le père de Shelby en lui donnant un verre de porto. Nous sommes très fiers de vous.

Il tendit également un verre à Shelby et sa mère et ils portèrent tous ensemble un toast au succès d'Alan.

— Et toi, ma chérie ? demanda son père. Quand deviendras-tu associée ?

— Je ne sais pas, admit-elle. Je sais que Frank m'encourage, mais les associés ne m'offriront pas de devenir ne serait-ce qu'associée junior avant que j'aie un plus gros portefeuille de société.

Elle effectuait déjà un travail de consultante pour de nombreuses petites sociétés qui ne comportaient souvent qu'un ou deux employés. C'était toujours un bon entraînement, mais si elle voulait devenir associée, elle avait besoin de l'expérience d'un projet à long terme avec une grande entreprise locale ou nationale.

Puisqu'elle *voulait* devenir associée, c'était un sujet qu'elle abordait régulièrement avec Frank. Elle savait qu'il gardait les yeux ouverts et surveillait régulièrement la liste de leurs clients. Il lui avait d'ailleurs promis que s'il voyait passer un projet qui pourrait lui permettre d'atteindre son objectif, il lui ferait immédiatement signe.

— L'entreprise fait beaucoup pour étendre sa clientèle en ce moment, alors les nouveaux clients affluent. Je croise les doigts pour avoir une nouvelle mission bientôt.

— Tu pourrais toujours enseigner, proposa Alan plus tard après qu'ils eurent pris congé auprès de ses parents et furent de retour dans le salon de Shelby. Nous pourrions travailler côte à côte. Et un jour, nous pourrions faire des fêtes pour la faculté comme tes parents.

Elle leva les yeux vers lui, surprise. Elle avait toujours pensé qu'ils étaient sur la même longueur d'onde pour leur avenir, mais tout comme ils n'avaient jamais parlé d'être en couple, ils n'avaient jamais abordé le sujet de leur possible emménagement ensemble.

— Je ne pense pas avoir envie d'enseigner, répliqua-t-elle en essayant d'esquiver le cœur de la question. J'aime me salir les mains.

— Vraiment ? Alors, nous pourrions nous les salir ensemble.

Il l'attira dans ses bras et elle attendit qu'un frisson sensuel la parcoure, mais celui-ci brilla par son absence.

— Nous pourrions balayer la cuisine. Faire la vaisselle. Ou nous salir de manières plus... intéressantes.

Il déposa un baiser sur ses lèvres, mais elle fit un pas en arrière en souriant d'une façon qu'elle espéra ne pas sembler forcée.

— Est-ce qu'on peut remettre ça à une prochaine fois ? Je suis vraiment fatiguée et j'ai mal à la tête depuis que j'ai bu ce porto.

Plus que tout, je n'ai pas envie de coucher avec toi.

La vérité la submergea, ce qui l'effraya et l'attrista. Alan était l'homme parfait pour elle, l'homme qui satisfaisait tous ses critères. Il lui parlait même de sexe et de vivre sous le même toit.

Elle devrait être ravie.

Pourtant, ce n'était pas le cas.

Toute sa vie, elle avait su à quoi ressemblerait son avenir. Alors pourquoi sa vision avait-elle été faussée récemment ?

NEUF

— Mets la 96.3, lança Hannah en passant la porte d'entrée de Shelby avec les mains chargées de robes sur des cintres et un sac de voyage sur chacune de ses épaules. Ton petit ami est en direct.

— Il ne fait que les jours de la semaine et ce n'est pas mon petit-ami, rétorqua Shelby en l'aidant à exposer les tenues sur le canapé. J'ai seulement besoin d'en emprunter une. D'ailleurs, je suis certaine que j'ai déjà quelque chose qui ira tout à fait pour le mariage.

— Premièrement, je suis certaine que ce n'est pas le cas, et deuxièmement, il remplace Wayne Dorsey.

— Qui est... ?

— C'est l'animateur du samedi matin, mais il est en vacances apparemment.

Puisque Shelby n'avait pas bougé et ne semblait pas décidée à allumer son poste de radio, Hannah brancha son téléphone aux petits haut-parleurs et ouvrit l'application de streaming, celle que Shelby s'était convaincue de ne pas télécharger la nuit dernière après une douche chaude et deux verres de Chardonnay.

Il y eut des grésillements, puis les dernières notes de (*I Can't Get No*) *Satisfaction* des Rolling Stones résonnèrent autour d'elles.

Hannah pencha la tête vers les haut-parleurs.

— Est-ce que tu as quelque chose à avouer ?

— Je ne sais pas de quoi tu parles, répondit Shelby.

— Hmm.

Son amie sortit une longue robe rouge moulante et la tint devant sa collègue qui protesta :

— Je ne porterai pas de rouge à un mariage.

Hannah grimaça.

— Tu marques un point, mais elle n'est pas ajustée sur moi. Tu devrais l'essayer.

— Je ne veux pas essayer toute ta garde-robe, répondit Shelby en secouant la tête. J'ai seulement besoin d'une robe. D'ailleurs, pourquoi as-tu autant de robes de cocktails et de soirée ? Je sais que ce n'est pas parce que tu fais des galas toutes les semaines, car la moitié de ces robes ont toujours leurs étiquettes.

Hannah leva le menton, sur la défensive.

— J'en ai trouvé quelques-unes en promotion sur les boutiques en ligne que j'aime bien. En plus, si je n'étais pas une armoire ambulante, tu n'aurais pas de chance.

— Celle-là, décréta Shelby en décidant qu'il était temps de changer de sujet.

La robe était d'un bleu céruléen et arborait un haut à effet push-up ainsi qu'une jupe ample avec un jupon intégré.

— Bon choix, approuva Hannah. Je suis impressionnée.

— Ce n'est pas parce que je m'habille de façon professionnelle au travail que je n'ai pas envie de me faire belle pour un mariage.

— Je sais, sourit sa collègue en lui faisant un clin d'œil. Seulement, c'est tellement amusant de te taquiner.

Elle tendit la robe à Shelby alors que la chanson se terminait. La jeune femme retint instinctivement son souffle quand la voix de Nolan emplit la pièce.

— Mais j'ai essayé, déclara-t-il d'une voix chantante, et je n'ai finalement rien eu. Alors je vous le demande, les amis, est-ce qu'elle fait la fille difficile à conquérir ? Ou suis-je seulement entêté ? Nous allons me psychanalyser un peu, moi, Nolan Wood en remplacement de Wayne Dorsey, dans cette nouvelle émission du *Samedi au soleil*, juste après ce message de notre sponsor.

Hannah croisa les bras sur sa poitrine et fixa Shelby pendant qu'une publicité pour une animalerie qui venait d'ouvrir sortait des haut-parleurs.

— D'accord, céda Shelby sous le regard inquisiteur de sa visiteuse. Il est venu hier.

— Et ?

— Et rien. Je lui ai dit que j'avais un rendez-vous et je lui ai demandé de partir.

Elle se mordit la lèvre, avant de confesser :

— Il est aussi venu le jour précédent et j'ai fait semblant de ne pas être à la maison.

— Tu plaisantes, hein ?

— Malheureusement, non. Apparemment, en matière de cœur, je suis comme une enfant de onze ans.

— Je dirais plutôt treize ans. Maximum.

Hannah expira bruyamment et son expression se transforma pour devenir étrangement maternelle. Puis elle s'assit sur le bord du canapé, froissant au moins cinq robes au passage.

— D'accord, essayons d'analyser la situation. Est-ce que tu l'apprécies ?

Shelby réfléchit quelques secondes, puis songea qu'elle devait être honnête, autant envers elle qu'envers son amie.

— Oui. Nous nous sommes bien amusés. C'est réellement un mec bien.

Cet homme lui avait fait vivre de nouvelles sensations, de nouvelles émotions, mais le sexe ne pouvait pas permettre d'établir une relation durable. De plus, elle avait déjà un futur planifié avec Alan, même si rien de tout cela n'était officiel.

— D'accord. Mettons une croix sous la colonne *j'aime*. Est-ce qu'il t'a fait grimper au septième ciel ?

— Hannah !

— Bien. Mettons une croix dans la colonne *à couper le souffle*.

Shelby leva les yeux au ciel, mais puisque Hannah n'avait pas tort, elle ne chercha pas à contester.

— Est-ce que tu veux le revoir ?

— Non.

Sa voix avait été ferme. Shelby avait soudain senti les battements de son cœur s'accélérer et avait forcé les mots à sortir de sa bouche, même si elle savait qu'elle se mentait à elle-même.

Hannah s'enfonça davantage dans la causeuse et lui lança un regard suspicieux.

— Tu es certaine de ne pas vouloir le revoir ?

Avant que Shelby puisse répondre, la voix de Nolan retentit de nouveau. Son timbre profond sembla faire vibrer tous les doux recoins de son corps.

— Oh, oui, chérie. Je devrais me faire rembarrer plus souvent, parce que les lignes de notre standard télépho-nique sont toutes occupées. Oubliez l'énergie solaire. Nous pourrions alimenter cette ville par ma seule humi-liation. Appel numéro un, qu'en dites-vous ? Est-ce que je devrais partir la queue entre les jambes ?

— *Oui*, ronronna une voix très féminine. Elle est de toute évidence une névrosée qui ne veut pas de toi.

Shelby resta bouche bée.

— Appelle-moi. Je ferai en sorte que ça en vaille la peine. Cinq, un, deux, cinq...

— Merci pour cette généreuse invitation. Nous allons entendre une autre opinion sur mon mental brisé après un intermède musical des Chairmen of the Board.

Alors que sa voix s'estompait, le classique *Gimme Just a Little More Time* sonna aux oreilles des deux jeunes femmes.

— Ce n'est pas une mauvaise idée, reprit Hannah. Donne une seconde chance à ce mec.

— Hannah...

— Je sais que tu as des projets, et que tout cela...

Elle désigna vaguement les haut-parleurs d'une main.

— ... tout cela peut te paraître effrayant. Après tout, cet homme est une usine à vulgarités, n'est-ce pas ce que tu penses ?

— C'est un gars vraiment charmant et sympa, grommela Shelby avant de grogner en voyant Hannah lever un sourcil narquois. Je ne voulais pas...

— C'est un mec bien, tu l'as toi-même dit. Ce n'est pas parce qu'il est un peu en dehors de tes critères que cela signifie qu'il finira comme ta cousine ou ton oncle.

— Si seulement il n'y avait qu'eux, soupira Shelby. Tu ne comprends pas ? Personne dans ma famille avant mes parents n'est allé à l'université. Ils n'ont jamais été propriétaires. Et même s'ils avaient obtenu une bourse, ils n'auraient jamais fait d'études.

Elle prit une grande inspiration avant de continuer :

— Ce sont tous des gens bien, ne te méprends pas. Quand j'étais enfant, nous avons plusieurs fois rendu visite à mes cousins, mais je n'avais jamais de sujets de conversation à aborder avec eux. Tout ce qu'ils faisaient, c'était regarder la télévision, mais ce n'était ni des drames ni des comédies, alors nous ne pouvions même pas en discuter ensemble. Ils ne commentaient pas les thèmes des publicités, les personnages ou même celles qui étaient amusantes. Ils regardaient seulement des émissions de télé-achat et achetaient ce qu'ils voyaient à l'écran, puis se plaignaient qu'ils n'avaient pas d'argent. Ou alors ils regardaient des jeux et se plaignaient qu'ils ne gagnaient jamais rien. Mais aucun d'eux ne semblait s'en soucier. Ils ne voulaient pas avoir de meilleur travail, lire un classique ou faire quoi que ce soit qui m'intéressait, moi.

Elle se laissa tomber à côté de sa confidente, épuisée par la passion qu'elle avait insufflée à ses mots et surprise d'avoir évoqué tout ce qu'elle avait sur le cœur.

Hannah était penchée en avant, les coudes posés sur ses cuisses et son menton sur ses poings.

— Je comprends tout à fait, répliqua-t-elle sérieusement. Ma mère et moi avons passé un moment horrible après que mon père a été tué. Sa sœur lui avait dit de tout simplement profiter de l'aide sociale. Pourtant, elle ne l'a pas fait. Elle s'est acharnée et s'est accrochée, et elle est retournée à l'école. Elle travaillait en tant que professeure et a mis ses économies de côté pour me permettre d'aller à l'université.

— Donc, tu comprends, se réjouit Shelby, soulagée.

Elle savait que le père policier de Shelby avait été tué en faisant son devoir alors qu'elle n'était encore qu'une enfant, mais elle n'avait pas réalisé à quel point cela avait été dur pour sa mère de garder la tête hors de l'eau tout en subvenant aux besoins de sa fille et aux siens, ainsi qu'en tentant de lui offrir une meilleure vie par ses propres moyens.

— Oui. Comme moi, tu as connu les bourses d'études ainsi que les hypothèques. Tu es ambitieuse, je n'en doute pas un seul instant, mais qu'est-ce que tout cela a à voir avec Nolan ?

Shelby se leva en essayant de formuler le plus clairement possible dans ses pensées torturées.

— Eh bien, tu vois, les coups d'un soir sont une mauvaise idée. Ils ne disparaissent pas après seulement une nuit.

— Cela n'en fait pas de mauvaises idées, avança Hannah. Cela veut tout simplement dire qu'on les a mal nommés.

Shelby rit malgré elle.

— C'est seulement que Nolan ne correspond pas à mes critères. J'ai l'impression qu'il ne pense qu'à faire des blagues grivoises et des plaisanteries. Alors qu'Alan travaille pour avoir son poste de titulaire et il pense déjà à fonder une famille.

— Hmm.

Un silence s'en suivit, puis Shelby se rendit compte que la chanson précédente s'était terminée et que celle qui avait suivi arrivait à son terme. Avant qu'Hannah puisse continuer, la voix de Nolan s'exclama :

— Il est neuf heures cinquante-huit et cela me laisse tout juste le temps de mentionner mon bar préféré, *Le Fix* sur la 6e Rue. Croyez-moi, c'est un endroit qui vaut le détour. Une nourriture géniale, des cocktails fabuleux et à partir de mercredi, un concours aura lieu toutes les deux semaines pour créer un calendrier sur lequel figureront les plus beaux mecs d'Austin. Je n'essaie pas de faire en sorte que vous y alliez et restiez bouche bée devant le show. Au contraire, vous pourriez aller vous pavaner sur la scène et essayer de vous qualifier pour être M. Janvier, parce que *Le Fix* veut remplir un calendrier entier avec la photo d'un homme sexy pour chaque mois. Visitez leur site web ou passez au bar pour obtenir des détails si vous voulez savoir comment vous qualifier.

— *Ohhhh, minauda une voix de femme. Douze hommes bien bâtis. Je dois vraiment... Y aller... Pour regarder ce concours.*

— Bonne idée, chérie, acquiesça Nolan.

Shelby leva les yeux au ciel et lança un regard à Hannah qui signifiait « je te l'avais bien dit ».

— Nous arrivons à la fin de cette émission. Vous savez donc tous ce que cela veut dire... Il est temps pour moi d'arrêter d'être Wayne. Si vous n'avez pas eu votre dose, rejoignez-moi tous les jours de la semaine de six à dix pour *Wood Matin*. Je suis Nolan Wood et vous écoutiez *Le Samedi au soleil*.

— Nous en avons entendu assez, annonça Hannah qui récupéra son téléphone pour l'éteindre. Et avant que tu dises quoi que ce soit, c'est son travail, son truc.

Shelby sourit lorsque le souvenir de certains traits d'esprit de Nolan se rappela à sa mémoire.

— Je n'en suis pas aussi sûre.

La vérité était qu'elle n'aurait même pas ressenti le besoin d'argumenter si elle n'était pas aussi déterminée à gagner ce débat. C'était amusant de parler avec Nolan, aucun doute là-dessus. Mais était-ce réellement le genre d'homme à qui elle voulait s'accrocher ?

— Je sais à quoi tu penses, objecta Hannah.

— Foutaises.

— Tu es en train de t'imaginer passer toute ta vie avec ce mec. Pourquoi ne pourrais-tu pas tout simplement t'amuser avec lui ? Et surtout, pourquoi devrais-tu t'engager ? *Sors* seulement de temps en temps avec lui. Avant qu'Alan te mette la bague au doigt, tu as besoin de considérer tes autres options.

— Je vais y penser, obtempéra-t-elle, mais ça reste un point discutable. Malgré sa bonne volonté, je doute de le revoir après ce qu'il s'est passé hier.

Manuel Ortega avait une dette envers Nolan. Première-ment, parce qu'au lieu de passer son samedi soir au *Fix* avec ses amis, il s'était rendu dans une salle de bal à l'hôtel *Four Seasons* sur les berges du lac Lady Bird, la partie du Colorado qui traversait le centre-ville d'Austin. Deuxièmement, il portait un maudit smoking et mourait d'envie de tirer sur le col. Troisièmement, Lauren et son politicien de mari étaient sur place.

Sérieusement, quelqu'un devrait tuer ce pauvre type sur-le-champ.

La seule raison pour laquelle il était au mariage de Brian Ross et de Célia James résidait dans le fait que le père de Brian possédait une douzaine de restaurants dans la région d'Austin, sans mentionner les trois complexes immobiliers dont il était propriétaire dans le sud d'Austin. Son entreprise était l'un des annonceurs les plus prolifiques de la station de radio K-I-K-X et Mannie considérait Jonathon Ross comme étant presque l'égal de Dieu, ce qui faisait de son fils, Brian, un demi-dieu. Et surtout, cela signifiait selon toute vraisemblance que

Nolan, en tant que star locale, devait faire une apparition et lui lécher les bottes.

Ce n'était pas que cela dérangeait réellement Nolan, puisqu'il comprenait parfaitement comment fonctionnaient les affaires. Sans sponsors, il n'aurait plus de travail. Or, il était un grand fan des fiches de paie qui lui permettaient d'acheter des merveilles. S'offrir de la nourriture et avoir un toit au-dessus de sa tête étaient au sommet de sa liste de besoins.

Il aurait seulement apprécié avoir rencontré l'heureux couple au moins une fois auparavant. Et il aurait vraiment aimé que Lauren et le Sénateur Matcho tombent accidentellement dans la rivière.

Il n'avait pas assisté aux noces, en songeant que ni la future mariée, ni le futur marié, ni leurs relations ne remarqueraient son absence. Puis, il avait offert ses félicitations à l'heureux couple peu de temps après le début de la réception, en disant à Brian à quel point il admirait son père, et avait complimenté la mariée sur sa robe magnifique. Son visage lui sembla vaguement familier, mais puisqu'il était certain de ne pas avoir couché avec elle, il ne perdit pas trop de temps à se souvenir où il l'avait déjà vue.

À présent, il faisait le tour des invités pour voir et être vu jusqu'à ce qu'il puisse filer à l'anglaise en toute sécurité.

Lorsqu'il aperçut le sénateur, il tenta de l'éviter en se faufilant par un petit couloir séparant la pièce principale d'un vestiaire de fortune et tomba sur Lauren.

Oui. Une soirée exemplaire.

— Nolan, lâcha-t-elle d'une voix qui suintait le dégoût.

Comment avaient-ils pu partager la même maison pendant six mois ? Pour lui, c'était désormais une question à un million de dollars.

— Je ne m'attendais pas à te rencontrer ici. N'y a-t-il pas un rallye Monster Truck ce soir ? Ou une conférence de génies en informatique ?

— C'était notre problème, Lauren. Tu ne m'as jamais regardé.

— Bien sûr que si. Le problème est que *j'ai* regardé et je n'ai pas apprécié ce que je voyais. Pas d'ambition. Je veux dire, tu te contentais du salaire minimum dans une station de radio paumée... Alors que nous aurions pu déménager à Los Angeles.

— Ça ne m'intéresse pas, rétorqua-t-il.

Il fut un temps, il aurait aimé être DJ dans une grande ville, mais après avoir réalisé que ce travail impliquait beaucoup de lecture et de paperasse, l'émerveillement que lui avait fait entrevoir ce rêve s'était évanoui. Également, il aimait Austin plus que tout. Il appréciait les personnes avec qui il travaillait et était fier de l'audience qu'il avait bâtie. Il avait travaillé d'arrache-pied pour en arriver là, et si Lauren ne comprenait pas que son métier et sa ville représentaient beaucoup à ses yeux... il avait décidé qu'il était préférable qu'ils se séparent.

Sauf que mettre un terme à leur relation l'avait affecté, même s'il n'avait jamais voulu l'admettre.

Mais à présent – et il venait de s'en rendre compte –

il ne cherchait plus le respect de Lauren, mais celui d'une autre femme. Une femme qui était aussi sexy dans des chaussures que porterait sa grand-mère et un chemisier boutonné jusqu'au col que dans une robe ajustée et des talons hauts. Une femme qu'il aimerait avoir à ses côtés, là tout de suite, pour ne pas avoir à souffrir seul à ce mariage. Non, se corrigea-t-il, il aimerait qu'elle ait *envie* d'être à ses côtés. Dommage que ce souhait ne puisse pas devenir réalité. Après tout, elle avait été bien claire là-dessus : ils ne pouvaient pas nier qu'il y avait bel et bien une certaine alchimie entre eux, mais elle ne souhaitait pas précipiter les choses.

Il devrait être d'accord avec ça. Lauren était la raison pour laquelle il ne sortait pas avec des femmes, sauf si on comptait les coups d'un soir. Sortir signifiait avoir une relation, avancer et ne plus regarder en arrière. C'était un procédé subtil pour apprendre les tenants et les aboutissants d'une femme et savoir si leur relation pouvait survivre sur le long terme.

Mais il voulait partir dans cette direction avec Shelby. Il ne parvenait pas à se libérer de ce désir qui planait constamment au-dessus de sa tête quand il repensait à leurs ébats. La conquérir était devenu un challenge pour lui, surtout parce qu'elle n'était de toute évidence pas intéressée.

— Tu sais quoi ? déclara Lauren de sa voix tranchante qui le tira de ses agréables pensées. Je retire ce que je viens de dire. Tu *as* de l'ambition. Par contre, les choses auxquelles tu aspires ne m'intéressent pas. Tu peux me traiter de folle, mais ça n'a jamais été mon rêve de trouver la meilleure blague de pet. Ou de rire de ma vie sexuelle. Par contre, je suppose que la tienne *fait partie* de celle dont on peut se moquer allègrement. Du moins, c'est ce dont je me souviens.

— Putain, Lauren...

— Pourquoi t'énerves-tu ? le coupa-t-elle. Nous ne faisons que discuter. C'est bien ce que tu faisais l'autre jour lors de ton émission de radio, non ? Ne parlais-tu pas de marques de dents et d'ambiance glaciale de manière décontractée ?

Elle se pencha en avant.

— Tu as raison, Nolan chéri. Parce que je suis mariée à un sénateur maintenant, je peux te faire tomber si je le veux, et tout ce que tu pourras faire, ce sont de mauvaises blagues sur ta queue ramollie.

Elle lui tapota la joue, ses lèvres maquillées s'étirant en un petit sourire, puis elle se retourna et partit en remuant exagérément ses fesses musclées surélevées par ses hauts talons aiguilles.

— *Salope !*

Il n'avait pas voulu le dire à voix haute, mais il n'était pas parvenu à contenir sa colère. Une femme qui se dirigeait vers le petit vestiaire avec un ticket pour récupérer son sac à main le regarda avec mépris.

— Désolé, marmonna-t-il en se sentant comme un moins que rien.

Il partit à la hâte dans la direction opposée, et se dissimula dans un recoin sombre du bâtiment que le personnel de l'hôtel semblait utiliser pour entreposer la vaisselle sale. Il inspira profondément en tentant de reprendre le contrôle de ses émotions. Puis, il décida qu'il était temps pour lui de quitter définitivement la fête quand il réalisa qu'il n'était pas seul.

— Je suis désolée, murmura Shelby.

Elle tendit la main vers lui, sembla se raviser et laissa retomber sa main contre son flanc.

— Je ne voulais pas écouter aux portes.

— Pas de soucis, répondit-il, mais les mots sortirent plus durement qu'il ne l'aurait voulu. Après tout, pourquoi ne serais-tu pas là pour mettre une cerise sur le gâteau de ma journée « parfaite » ?

Il soupira, puis secoua la tête, irrité contre lui-même.

— Je suis désolé d'avoir envahi ta cachette. Je vais y aller.

— Attends.

Cette fois, lorsqu'elle tendit la main vers lui, elle ne fit pas machine arrière. Sa paume était chaude, douce et déterminée. Il leva la tête tout en se préparant à lui rétorquer qu'il avait eu une mauvaise journée et qu'il n'était pas d'humeur à jouer. Mais si elle estimait elle aussi qu'il avait ruiné sa parfaite petite vie tranquille, alors il serait ravi de lui présenter Lauren pour qu'elles puissent partager un pacte de sang et se promettre d'être loyales à vie.

Il ne put jamais prononcer ce qu'il avait en tête, parce qu'elle fit un pas vers lui, le regarda dans les yeux et souffla à voix basse :

— C'est une salope. Et elle a tort. Je...

Il ne sut ce qu'elle comptait dire ensuite, car il l'attira vers lui et la fit taire d'un long baiser langoureux.

DIX

Son baiser détruisit toute volonté en elle.

La tête de Shelby se mit à tourner, ses jambes flageo-
lèrent, et la seule pensée qui lui traversa l'esprit fut
qu'elle en voulait plus. Elle ne s'était pas attendue à ce
qu'il l'embrasse. Elle voulait tout simplement lui dire que
son ex était une idiote. Mais à l'instant où les lèvres de
Nolan avaient touché les siennes, elle avait su que la
partie était perdue d'avance et qu'elle ne pourrait que
s'abandonner à lui désormais.

Elle aurait peut-être pu imaginer ce scénario. Après
tout, elle désirait pouvoir le toucher de nouveau depuis
des jours. Il ne cessait de s'immiscer dans ses rêves et de
faire irruption dans ses pensées depuis leur rencontre. Et
elle avait passé des heures à tenter de se convaincre que
rester loin de lui était la meilleure solution, alors que la
seule chose que son corps réclamait, c'était lui.

Une petite voix dans sa tête lui soufflait que c'était
insensé, qu'elle devrait faire demi-tour maintenant avant

de le regretter. Avec cet homme, elle risquerait davantage qu'un cœur brisé ; elle mettrait ses rêves et ses projets en péril.

Elle ordonna à cette petite voix de se taire. À cet instant, elle ne se souciait guère de ses réticences ou de ses projets pour l'avenir. Tout ce dont elle était certaine, c'était qu'elle voulait profiter de ce moment. Elle le voulait, lui.

Qu'est-ce que Hannah lui avait conseillé ? Devait-elle tenter sa chance ? Si Hannah ne l'avait pas totale-ment convaincue, le baiser de Nolan, quant à lui, avait été très, très convaincant.

— Nolan. Oh, mon Dieu, gémit-elle alors que la bouche de l'animateur radio descendait dans son cou, puis remontait vers le lobe de son oreille.

Son corps chaud contre le sien exacerbait ses sens. La chaleur se déversait dans ses veines, alimentée par la passion brûlante de ses baisers qui faisaient grimper de plus en plus la température en elle au point qu'elle crut qu'elle allait s'embraser dans ses bras.

Elle tourna la tête pour retrouver le contact de ses lèvres sur les siennes pendant que ses doigts s'enrou-laient dans ses cheveux et qu'elle se serrait davantage contre lui. Elle avait envie de lui, c'était indéniable. Ouvrant la bouche, elle approfondit leur baiser. Elle voulait que le désir les consume tous deux, ensemble.

Elle se perdit dans le goût de ce baiser, dans la pointe de douleur qu'elle ressentit quand il tira sur sa lèvre infé-rieure avec ses dents. Elle se laissa envahir par la saveur piquante de leur excitation, le goût cuivré de son propre sang et le choc brutal de leurs bouches et de leurs dents. Mais ce n'était pas assez... C'était loin de l'être. Et même quand il rompit leur baiser, que sa bouche descendit le long de sa robe avant de sucer son mamelon à travers le tissu et que ses mains se glissaient sous sa jupe, elle en voulait tout simplement *plus*. Elle le désirait tellement et si ardemment que lorsqu'ils se séparèrent et qu'il se tint devant elle, elle geignit.

— Ne t'arrête pas. Pour l'amour de Dieu, Nolan, s'il te plaît, ne t'arrête pas.

— Je ne compte pas m'arrêter maintenant, la rassura-t-il. Mais nous devons faire une courte pause pour trouver un meilleur endroit rapidement. Sinon, je vais t'emmener dans les toilettes et je nous enfermerai dans une cabine.

— Ça n'ira pas, le taquina-t-elle. Il n'y a pas moyen que je reste assez silencieuse.

Il gloussa.

— Bien. J'aime les bruits que tu fais. J'aime te faire crier.

— Fais-moi jouir et je crierai aussi fort que tu le voudras, susurra-t-elle.

Nolan pencha la tête en arrière et rit.

— Quoi ?

— Écoute-toi. Combien de personnes savent que de vilaines choses peuvent sortir de ta bouche ? Avec tes chaussures plates, ton tailleur en tweed et ton chemisier boutonné jusqu'en haut, je ne m'en serais même pas douté !

Elle haussa un sourcil.

— Venant de n'importe qui d'autre, je pense que je me sentirais insultée.

— Loin de moi l'idée de t'insulter. Tu es mon fantasme, chérie. Est-ce que tu le sais ? Parce que tu es mienne.

Nolan chercha son regard tout en caressant sa joue du bout des doigts.

— Personne ne voit comme moi la femme qui se cache derrière ton masque.

Elle déglutit.

— Nolan...

— J'ai vu qui tu étais réellement, Shelby, que tu aies eu l'intention de me dévoiler cette facette de ta personnalité ou non.

Ses mots caressèrent sa peau comme une douce pluie et elle s'imprégna d'eux. Elle savait qu'il avait raison. Il voyait une partie d'elle que personne d'autre n'avait jamais vue auparavant. Et Alan ne l'aurait très certainement jamais vue non plus, ou alors, il serait probablement mort d'un choc s'il avait seulement eu une idée de ce qu'elle faisait avec Nolan et lui disait.

— Est-ce que tu te rends compte à quel point c'est excitant ? demanda Nolan. Savoir que nous partageons ce secret ? Que tu partages quelque chose d'aussi intime avec moi ?

— Je le sais, murmura-t-elle. Parce que si je suis ton fantasme, tu es mon inspiration.

Elle déposa un baiser sur ses lèvres.

— Je n'ai jamais fait ces choses avec quiconque, lui avoua-t-elle. Tu m'inspires.

— Vraiment ? Qu'est-ce que je t'inspire, maintenant ?
Elle rit.

— Rien que nous puissions faire ici.

— Où alors ?

— Je sais où nous pouvons aller, annonça-t-elle en saisissant sa main. Allez, viens.

Elle et ses amies de la firme Brandywine avaient loué une chambre pour la nuit. Personne n'avait vraiment eu l'intention d'y rester, mais c'était un endroit privé qui leur permettrait de se reposer, retoucher leur maquillage, changer de vêtements et quitter la foule si elles ressentaient le besoin de s'isoler.

— J'ai quatre cousins qui se sont mariés au cours des six derniers mois, avait confié Kayla lorsqu'elle avait suggéré de prendre une chambre. Croyez-moi quand je vous dis que ça en vaut la peine.

À cet instant précis, Shelby était complètement d'accord avec Kayla. Toutes les autres filles se trouvaient toujours dans la salle de bal, très certainement en train de danser, prendre part aux commérages ou boire du champagne. Cela signifiait qu'elle était complètement libre, et Shelby comptait complètement tirer avantage de cette situation.

— Tu as une chambre ? s'étonna Nolan alors qu'elle le menait vers la porte au bout du couloir du huitième étage.

— J'aime être parée à toute éventualité, répliqua-t-elle avec malice. Appelle ça les coulisses du girl power.

Elle le guida à travers la pièce jonchée de vêtements, de maquillage éparpillé et de toutes les horreurs qu'impliquait le partage d'une seule et même chambre par cinq filles, même si cet endroit ne devait leur servir qu'à se rafraîchir et se changer.

Il jeta un œil aux alentours.

— Est-ce que nous sommes seuls ?

— Totalement, acquiesça-t-elle.

La seconde d'après, elle se retrouva plaquée contre le mur, ses poignets croisés fermement maintenus au-dessus de sa tête par la main de Nolan. Elle était sans défense, et il pouvait désormais prendre tout ce qu'il voulait d'elle.

Ses lèvres la possédaient déjà ; elle était entièrement à lui. Sa main libre caressa sa poitrine à travers le tissu, puis sortit l'un de ses seins de son corsage.

— Tu sembles être assez bonne à manger, la taquina-t-il avant de se baisser pour prendre le bout rosé dans sa bouche.

Il frotta ses dents contre son téton et de délicieuses décharges électriques partirent en direction du bas-ventre de Shelby. Elle gémit et se tortilla. Puis, elle souleva les hanches en espérant augmenter la friction entre leurs corps.

— Tu sembles apprécier.

Elle haleta pour toute réponse, puis se figea et retint sa respiration en entendant des pas de l'autre côté de la porte.

— Merde, chuchota-t-elle alors en se détachant de lui.

Aussitôt, elle saisit la main de Nolan et courut vers la salle de bain. Ils se précipitèrent tous deux à l'intérieur et

refermèrent la porte à clé avant qu'une de ses coloca-
taires de chambre n'entre. Des bruits étouffés se firent
entendre pendant un moment, puis la poignée s'abaissa.
Shelby jeta un regard paniqué à Nolan qui, quant à lui,
semblait amusé. *Le salaud.*

— Je suis là, annonça-t-elle à voix haute et en s'as-
seyant sur le rebord de la baignoire pour éviter que ses
jambes tremblantes ne la lâchent. Je ne me sens pas très
bien.

— Oh non, c'est dommage. Laisse-moi entrer, je vais
t'aider, proposa Leslie.

— Mon Dieu, non ! s'exclama-t-elle.

Mais ses mots n'étaient en rien une réponse à l'offre
de son amie. Nolan s'était mis à genoux, avait écarté ses
jambes et venait d'enfouir sa tête entre elles.

— Tout va bien ? appela Leslie.

— Je veux dire que je préfère être seule. J'ai trop bu,
c'est tout.

Sa voix était rauque et elle supposa que cela rendait
ses propos plus convaincants. Alors qu'il pressait sa
bouche sur son clitoris à travers le fin coton de sa culotte,
elle décida que cela n'avait pas d'importance.

Elle écarta davantage les jambes et s'accrocha au
rebord de la baignoire comme si sa vie en dépendait. Il
continuait de la titiller de sa langue, mais avait poussé sa
culotte sur le côté afin d'avoir un meilleur accès à sa
féminité.

— J'allais rafraîchir mon maquillage, expliqua Leslie,
mais je vais utiliser ce que j'ai dans mon sac.

— Hmm, hmm, répondit Shelby pendant que Nolan

tétait son clitoris et jouait avec ses lèvres intimes du bout de ses doigts mouillés de son désir.

— Est-ce que tu reviens plus tard ? demanda Leslie.

— Mon Dieu, oui, absolument, cria Shelby alors que la langue magique de Nolan la faisait basculer bruyamment vers la jouissance.

Nolan, soupira-t-elle d'aise une fois que son esprit fut revenu sur Terre. Il la posa doucement sur le tapis de la pièce, puis tira sa culotte au niveau de ses genoux. Le sexe de la jeune comptable palpitait d'impatience et de délectation à l'idée d'un nouvel orgasme.

— Préservatif, murmura-t-il.

Elle ouvrit les bras, impuissante.

— Vous êtes cinq filles. L'une d'entre elles doit bien en voir un, réfléchit-il.

Puis il se redressa pour fouiller la pièce. Un moment plus tard, il leva triomphalement un emballage argenté dans les airs, une expression victorieuse peinte sur le visage.

— Vite, le pressa-t-elle sans se préoccuper de rester discrète.

Elle pensait avoir entendu Leslie partir, et si elle avait tort, alors elle s'en moquait.

Il ouvrit la braguette de son pantalon de smoking avant de s'agenouiller entre ses jambes. Elle tendit alors la main vers lui ; elle voulait toucher son membre avant qu'il le glisse en elle.

— Non, l'arrêta-t-il en enfilant l'étui souple en latex. Je suis trop près de venir. Et je ne pense pas que tu apprécierais que je tache ta robe.

Elle éclata de rire et il en fit de même. Puis, il rentra en elle d'un coup sec et leur hilarité fut vite évincée par des sons de plaisir et de bestialité.

Lorsque l'orgasme les submergea, elle enroula ses jambes autour de sa taille et utilisa ses dernières forces pour se rapprocher le plus possible de lui. Elle voulait le sentir à la fois profondément en elle, et près de son cœur.

Lorsqu'il se fut vidé, il se retira d'elle et s'allongea à ses côtés. Ses doigts caressèrent distraitement sa clavicule pendant quelques secondes, avant qu'il ne déclare dans un souffle :

— Tu es incroyable, et je pense que nous nous sommes plus amusés que quiconque à ce mariage.

ONZE

— Alors tu penses sauter ? demanda Nolan en s'approchant du bord du petit ponton en bois sur lequel se tenait Amanda.

Elle tourna la tête et lui sourit avant de s'asseoir en laissant ses pieds pendre dans le vide.

— Je ne me suis pas baignée dans le lac d'Austin depuis que nous sommes enfants. Et la plupart du temps, tu me poussais dedans, salaud. J'avais rarement l'occasion de sauter.

Il prit place à côté d'elle et ses orteils frôlèrent l'eau froide. Il avait abandonné ses tongs à quelques mètres d'eux.

— C'est à ça que servent les grands frères.

Elle lui lança un regard en coin.

— C'est à *ça* que ça sert ? Je n'avais jamais su pourquoi.

— C'est gentil, merci.

Elle poussa doucement son épaule.

— Qu'est-ce que font maman et papa ?

Techniquement, c'était la mère de Nolan et le père d'Amanda, mais leurs parents s'étaient mariés quand ils étaient tous les deux très jeunes, au point qu'Amanda et lui ne se considéraient pas comme des demi-frères, mis à part quand le sujet du connard de père de Nolan venait sur le tapis. Dans ces moments-là, il se sentait aussi éloigné de la famille Franklin qu'il était possible pour lui de l'être.

— Quand je suis arrivé, papa regardait un documentaire sur les abeilles et maman faisait la vaisselle du déjeuner, lui répondit-il.

— Mince, soupira Amanda, je lui avais pourtant dit que je la ferais en rentrant.

— Oui, bien sûr. Comme si cela allait un jour arriver.

Elle lui tira la langue.

— C'était mon truc quand j'étais enfant, mais maintenant que je suis devenue une adulte responsable, j'avais vraiment l'intention de m'en occuper. Cela me paraissait juste, puisqu'elle a fait le repas du dimanche. Pourquoi regardait-il un documentaire sur les abeilles ?

— Aucune idée, mais cela ne semble pas déranger maman. Elle dit que ça le garde loin des ennuis.

En tant qu'ingénieur pétrolier à la retraite depuis cinq ans, Huey Franklin était devenu inexplicablement accro aux documentaires sur la nature.

— En parlant d'ennuis, embraya Amanda avec un petit sourire en coin, je suppose que tu as réglé les tiens ?

— De quoi parles-tu ?

— La fille, celle que tu essayais d'avoir sans succès.

Tu en as beaucoup parlé à la radio. Puis, tu n'as plus abordé tes états d'âme, donc je suppose que ça a fonctionné entre vous. Oh, et la publicité que tu as faite pour *Le Fix* était géniale. Jenna m'a dit qu'ils apprécient beaucoup.

Un silence s'installa entre eux avant qu'elle ne s'esclaffe.

— Eh, ne me regarde pas comme ça. Quoi ? Tu pensais que je n'écoutais pas ton émission ?

— En fait, je n'y avais jamais pensé, avoua-t-il en fronçant exagérément les sourcils. Tu pourras dire à Jenna que j'en ai d'autres en tête. Je ferai peut-être des interviews de certains des hommes qui gagneront leur photo sur le calendrier. De Tyree aussi, s'il le souhaite. Également, j'ai pensé qu'il serait intéressant de faire un streaming en direct de certains des concours si Connor me donne son accord.

— J'adore cette idée.

— Pour en revenir au fait que tu écoutes mon émission, je n'ai pas encore déterminé si je dois être flatté de ton intérêt ou mortifié que ma sœur entende toutes mes bêtises classées X.

— Oh, s'il te plaît, comme si tu te censurais quand tu es près de moi. En plus, je dirais que c'est plus du PEGI 12, peut-être PEGI 18, mais seulement si tu laisses échapper quelque chose qui dépasse l'humour grivois de Connor.

Il rit.

— Tu marques un bon point.

— C'est toujours le cas, répliqua-t-elle. Et tu changes de sujet.

Amanda avait toujours été beaucoup trop maligne. Mais comme il prenait en considération toute l'aide qu'elle lui avait apportée au fil des années, il ne l'avait jamais chambrée sur ses manières de surdouée.

— Tu as raison. Nous nous sommes revus il y a peu.

— Génial ! Peux-tu m'en apprendre un peu plus à son propos ? Et ne me dis pas que c'est une fille. J'avais déjà compris ça.

— Ce n'est pas *seulement* une fille.

— Oh, vraiment ? Dans ce cas, je veux connaître son nom.

Elle fit courir ses orteils sur la surface de l'eau et l'agita en les aspergeant tous les deux de gouttelettes.

— Désolé, mais je ne te dirai rien. Nous ne sommes pas encore officiellement en couple.

Ils en avaient brièvement parlé lorsqu'ils s'étaient enlacés sur le sol de la salle de bain de l'hôtel *Four Seasons*. Le fait est qu'ils en voulaient tous les deux davantage. Toutefois, il savait qu'il y aurait des complications.

— Vraiment ? Pourquoi pas ?

— En partie parce que je veux le garder pour moi et qu'elle voit un autre mec qui n'est pas encore au courant. Et aussi parce qu'elle ne veut pas que les gens sachent que c'était elle la fille dont je parlais à la radio.

Amanda hocha la tête avec compréhension.

— Si vous rendez ça officiel maintenant, ça sera évident que c'est la même fille.

— Exactement.

— Eh bien, amuse-toi bien avec tes petites escapades sexuelles secrètes et présente-la-moi quand tu pourras.

— Promis. Au fait, tu viens pour le bal de charité, non ? C'est seulement dans quelques semaines.

— Tu sais bien que oui, idiot. Pour commencer, je fais partie du comité. De plus, mon entreprise va y acheter une table. Troisièmement, est-ce que tu penses sérieusement que je raterais ça ?

Non, il savait qu'elle ne manquerait ça pour rien au monde. Le bal de charité était organisé dans le but de récolter des fonds pour la Salle de Lecture et de Tutorat pour Dyslexiques, et cette année, il était l'orateur principal. Bien qu'il ait l'habitude de parler pour gagner sa vie, il était particulièrement nerveux à l'idée de prendre la parole pour cette association.

— Je voulais seulement être certain, reprit-il. Est-ce que maman et papa seront à ta table ?

— Oui. Est-ce que ton père viendra ?

Il resta bouche bée devant sa question et, au bout d'un moment, elle grimaça.

— Désolée. J'aurais dû réfléchir avant de parler. Je suppose que je pensais... ou plutôt j'espérais que, peut-être, il... Enfin, de toute façon, ce n'est qu'un connard.

— Ne t'en fais pas.

Elle se rapprocha de lui et le força à relever les yeux vers elle.

— Nolan, cela n'a pas d'importance. Et lorsque tu seras sur la scène, tu devras te souvenir qu'*il* n'a pas d'importance. D'accord ?

Il hocha la tête, puis laissa son regard se perdre à l'horizon et repoussa au fin fond de son esprit les souvenirs de ces jours sombres au cours desquels il avait été forcé de passer du temps avec son père biologique. Foutue garde partagée. Cet homme n'était qu'un connard. Il n'avait jamais abusé de Nolan, mais sa langue acérée l'avait maintes et maintes fois ridiculisé.

Il tâtonna jusqu'à trouver la main d'Amanda et la serra légèrement, se rappelant à quel point elle avait été présente à ses côtés durant toutes ces années. Elle avait été sa bouée de sauvetage.

— Tu seras devant et au centre, hein ?

— Tu ferais mieux de le croire, grand frère.

Entre les dates butoirs qu'elle devait respecter et l'emploi du temps de folie de Nolan avec ses performances en direct à la radio et ses apparitions publiques, cela faisait des jours qu'ils n'avaient pas pu organiser de nouvelle sortie ensemble. Mais grâce à son application pour visionner les émissions en direct de la station de radio K-I-K-X, au moins, elle pouvait voir Nolan le matin, comme le faisaient d'autres femmes partout en ville.

Cette pensée fit légèrement frissonner Shelby. Elle n'était pas stupide ni aveugle. Elle était consciente que beaucoup de femmes étaient intéressées par cet homme, mais ne savait pas avec combien d'entre elles il avait couché. Toutefois, il était avec elle désormais et elle le croyait quand il lui assurait qu'il n'avait pas d'autre femme dans sa vie, à l'exception non pertinente de sa sœur et sa mère, bien sûr.

Son badinage à la radio semblait aller dans ce sens et rassurait la jeune comptable. Grivois et amusant comme à son habitude, Nolan ne faisait plus aucune référence à sa vie de sexuelle mis à part lors de quelques riffs sur le titre de ses émissions dans lesquels il expliquait qu'il se réveillait frustré et seul ces derniers jours.

Elle avait la ferme intention de le faire souffrir pour se venger... et de lui proposer de passer chez elle avant *Wood Matin*.

Désormais, il ne parlait plus d'elle ni d'eux, sur les ondes, et elle ne pouvait que lui en être reconnaissante.

Le problème était qu'elle n'était pas certaine de croire son côté rationnel qui arrivait à la saine conclusion qu'elle était heureuse de ne pas être le sujet de ses blagues. Elle réalisait aussi que peut-être – seulement peut-être – il y avait quelque chose d'un peu excitant à être sa muse, la personne dans laquelle il puisait son inspiration, et à laquelle il pensait lorsqu'il choisissait ses musiques, comme *I Want Your Sex* de George Michael, même si cela était plus qu'un peu déconcertant.

Cependant, elle n'avait pas le temps de réfléchir à une quelconque ambition cachée consistant à aider Nolan à alimenter son émission. Au contraire, Frank lui donnait pas mal de travail en ce moment, et lorsque la réceptionniste l'avait appelée un peu avant l'heure du déjeuner le mercredi pour la prévenir que le repas qu'elle avait commandé était arrivé tout en lui demandant si elle pouvait autoriser le livreur à monter, Shelby s'était pratiquement imaginée en train d'arracher la tête de cette pauvre femme en lui répondant que *bien sûr*, elle le pouvait. Après tout, elle avait décidé de se faire livrer son déjeuner dans le but de ne pas quitter son bureau, pas même pour un saut à la réception.

Ce fut seulement une fois qu'elle eut raccroché qu'elle réalisa qu'elle n'avait rien commandé. *Super*. Maintenant, elle allait perdre du temps à essayer de trouver à qui appartenait le repas qu'elle était sur le point de réceptionner.

— Entrez, cria-t-elle en réponse aux coups frappés contre sa porte. Écoutez, il y a eu une erreur... *oh !*

C'était Nolan.

Il passa nonchalamment le cadre de sa porte, extrêmement attirant et sexy dans son jean délavé qui serrait ses cuisses et son t-shirt noir de la station de radio K-I-K-X. Il portait aussi une casquette de baseball des Longhorns et tenait dans l'une de ses mains un sac en papier de chez *Wholy Bagels*, qu'il lui tendit tout en entrant dans son bureau et en refermant la porte derrière lui.

— Ce n'est pas vrai, s'émerveilla-t-elle en prenant le sac et en le serrant contre son cœur. Tu m'as apporté un bagel ? J'adore cet endroit !

— Je sais, sourit-il. Tu avais un sac de ces bagels sur ton comptoir et des échantillons dans ton frigo la première fois que je suis venu chez toi. Alors j'ai tenté ma chance en supposant que tu aimais en manger pour le déjeuner.

Elle comprit qu'il parlait du jour où ils avaient fait

l'amour pour la première fois, de cette nuit qui l'avait mise dans tous ses états et qui avait été sauvage et complètement merveilleuse. Le lendemain, elle avait dû s'assurer qu'elle portait des vêtements avant de quitter la maison tant le souvenir de leurs ébats la réchauffait de l'intérieur. Le fait qu'il ait remarqué un détail comme des bagels lui coupa le souffle.

— J'adore manger des bagels au déjeuner, confirma-t-elle. Je ne les fais pas griller. Je les badigeonne seulement de fromage à la crème. Tu es allé jusque dans le sud d'Austin pour aller me chercher à déjeuner ?

Il s'approcha d'elle, lui prit le sac des mains et le posa sur son bureau avant de l'attirer à lui.

— J'irais encore plus loin que ça si tu me le demandais, lui souffla-t-il en pressant légèrement ses lèvres contre les siennes. Cela dit, trop loin serait contre-productif.

Elle fronça les sourcils et il éclata de rire.

— Si j'allais à Dallas pour ton déjeuner, je ne serais pas de retour avant le dîner.

Elle leva les yeux au ciel.

— Imbécile

— C'est pourquoi ils ne me paient pas trop, mais je gagne tout de même un salaire adapté au marché.

En soupirant, elle le serra fort contre elle.

— Merci, murmura-t-elle, la tête enfouie dans son torse. J'aimerais pouvoir t'inviter dans une salle de conférence pour que tu puisses manger avec moi, mais je dois rendre ces feuilles de calcul révisées à Frank avant treize heures, et...

— Et je ne suis venu que pour la livraison, la coupa-t-il en se détachant d'elle. Mais si nous étions dans un film érotique, je me glisserais sous ton bureau pour te distraire pendant que tu travaillerais. Un peu de fromage à la crème sur des endroits intéressants...

— Intéressant est un mot qu'on pourrait utiliser, acquiesça-t-elle, pensive.

— Délicieux en est un autre.

— Pervers.

— Seulement pour toi.

— Maintenant, tu es aussi un menteur, le taquina-t-elle.

— Pas même un peu.

Une délicieuse chaleur se répandit sous sa peau et elle soupira de bonheur.

— En fait, si nous étions dans un film érotique, je te donnerais un pourboire.

Elle se rapprocha, puis posa la main sur le sexe de Nolan.

— C'est dommage que je ne fasse pas dans le porno.

Il enveloppa sa main de la sienne pour la presser davantage contre son entrejambe et elle la sentit durcir sous sa paume à travers le jean.

— Vraiment dommage, en effet.

Son pouls s'accéléra et elle pencha la tête en arrière pour rencontrer son regard.

— Tu es comme un talisman magique pour moi. Tu le sais, pas vrai ? Tu fais ressortir un pan de ma personnalité que je ne connaissais jusqu'alors pas et qui ne me ressemble pas.

Il embrassa doucement le bout de son nez.

— Peut-être que c'est bel et bien qui tu es réellement.

Les mots firent leur chemin jusqu'à son esprit et la touchèrent à la fois par leur évidence et par leur caractère dérangeant. Au même instant, il fit un pas en arrière pour s'extraire de son étreinte et déclara :

— On remet ça à plus tard.

— Bien sûr.

— Que dirais-tu de ce soir ? C'est le premier concours de *L'Homme du mois* au *Fix* ce soir. Tu veux venir avec moi ?

Elle le souhaitait désespérément. Cependant, elle n'était pas encore certaine de vouloir officialiser leur couple. Du moins, elle devait d'abord s'occupait de certaines choses.

— Je... Je ne peux pas, répondit-elle. J'ai déjà des choses de prévues.

— Oh.

Elle savait que c'était pervers de ressentir cela, mais la déception dans sa voix la flatta profondément.

— Nous nous voyons toujours vendredi, par contre, ajouta-t-elle. N'est-ce pas ?

Son sourire réapparut sur son visage et ses yeux brillèrent.

— Bien sûr que oui.

DOUZE

— Tu es nerveuse, constata Alan en lui tendant la corbeille à pain que le serveur venait de leur apporter. Quelque chose ne va pas ?

Elle secoua la tête tout en observant l'intérieur très agréable et richement décoré de *La Fourchette*, un restaurant huppé au cœur de l'hôtel *Intercontinental Stephen F. Austin*.

— Quand tu m'as appelée ce matin pour m'inviter à dîner, je m'attendais à un burger. Ou peut-être un repas tex-mex. Je ne suis pas très présentable.

Son tailleur convenait pour ce genre d'établissement, mais elle était allée à la salle de sport à dix-sept heures, puis s'était dépêchée de rejoindre Alan au Starbucks au coin de la 6e Rue et de Congress Avenue. Elle n'avait pas eu le temps de se remaquiller et avait seulement remonté ses cheveux en une queue de cheval.

— Tu es magnifique, la contredit-il, et je pensais que nous devrions faire la fête.

— Oh ? Qu'est-ce que l'on célèbre ? demanda Shelby dont les yeux s'agrandirent de surprise. Est-ce que le doyen t'a parlé de ta titularisation ?

Il rit.

— Pas encore. Non, cela fait quatre mois que ta mère nous a présentés.

— Oh. Vraiment ?

Elle s'enfonça dans son siège. C'était étrange, elle n'avait pas l'impression qu'ils se connaissaient depuis si longtemps. Ils étaient proches de tellement de manières différentes et pourtant, une certaine formalité persistait entre eux et lui donnait l'impression qu'ils vivaient dans un roman de Jane Austen. Elle connaissait Nolan depuis moins longtemps et pourtant avec lui, elle se sentait... elle-même.

Un serveur arriva avec une douzaine d'huîtres ouvertes et une bouteille de champagne. Elle le regarda ouvrir cette dernière, puis en verser le contenu dans leur verre tandis que des picotements remontaient le long de sa nuque.

— Alan..., commença-t-elle.

Elle ne savait pas trop comment réagir. Du moins, elle n'était pas sûre de savoir ce qu'*il* avait l'intention de lui dire.

— Je voulais que ce soit spécial, sourit-il en prenant quelque chose dans sa poche.

— Alan, attends. Nous...

Il leva une main pour la faire taire.

— S'il te plaît. Ce n'est pas ce que tu crois.

Ses épaules s'affaissèrent de soulagement, mais elle

se tendit de nouveau quand il posa un écrin de bague devant elle. Elle leva des yeux confus vers lui et rencontra son regard.

— Ce n'est pas une bague de fiançailles. Je sais que tu... *Nous* ne sommes pas prêts pour ça.

Oh, mon Dieu,

— S'il te plaît, ouvre-le.

Mais elle ne put se résoudre à faire ce qu'il lui demandait.

— Ne devrions-nous pas parler...

Il prit la boîte, puis souleva le couvercle qui révéla un simple anneau avec de petits diamants entourant un cœur finement ouvragé.

— C'est une bague de promesse, expliqua-t-il.

Il avait l'air si fier de lui que le cœur de Shelby se brisa de tristesse et de honte.

— J'ai envoyé une photo à ta mère par message. Elle a dit qu'elle était certaine que cela te plairait.

— Elle est jolie, concéda-t-elle, mais...

— Je veux qu'elle représente notre promesse l'un envers l'autre, pour que nous puissions avancer dans notre relation. Nous n'avons jamais parlé d'être exclusifs auparavant, mais c'est ce que je veux, Shelby. Je te veux, seulement toi.

Il sortit la bague de l'écrin et la lui tendit. Le temps ralentit et lorsqu'elle remarqua que des plis s'étaient formés sur son front, elle réalisa qu'elle secouait lentement la tête et serrait les poings sur ses cuisses.

— Shelby ?

— Alan...

Puis elle prit une gorgée d'eau pour apaiser sa gorge sèche et déglutit.

— Alan, je suis vraiment désolée. Je... Je ne peux pas accepter ça, souffla-t-elle.

Il cligna des yeux, puis se tassa dans son siège en ramenant la bague vers lui.

— Je vois. C'est trop tôt ?

— Oui, enfin non, poursuivit-elle avant de prendre une profonde inspiration. J'ai rencontré quelqu'un d'autre et... oh, mon Dieu, Alan, je voulais t'en parler ce soir. Mais je n'avais jamais imaginé que les choses se passeraient ainsi.

— Alors, tu ne veux pas être exclusive avec moi ? la questionna-t-il. C'est de bonne guerre. Cela ne fait que quelques mois qu'on se connaît et je n'ai jamais voulu que tu t'engages sans être certaine. Et si par une procédure d'élimination...

— Alan, non.

Elle tendit la main et la posa par-dessus la sienne.

— Tu es un homme génial, vraiment. Mais je pensais...

Elle s'interrompit tout en secouant la tête.

— Ça n'a pas d'importance. Le fait est que je ne sais pas si l'homme que j'ai rencontré sera le bon, mais je sais que de le voir m'a fait réfléchir à moi et à ce que je veux... et aussi à ce que je ne veux pas.

— Moi, comprit-il.

— Je suis désolée.

Son instinct lui criait d'en dire davantage, de lui expliquer sa situation, de radoter pour essayer d'adoucir et d'améliorer les choses entre eux. Toutefois, ce n'était pas en son pouvoir, surtout que c'était elle qui lui faisait du mal. Alors elle se tut et le laissa digérer la réalité qu'elle venait de lui lancer au visage.

Il but une gorgée d'eau, puis aligna la salière et la poivrière sur la table.

— Je suis désolé aussi, annonça-t-il. C'est peut-être une bonne chose que j'aie fait ce faux pas. Qui sait combien de temps nous aurions pu continuer ainsi à faire semblant ?

Elle grimaça, parce qu'il avait raison. Elle avait eu l'intention de lui avouer ce qu'elle avait sur le cœur ce soir... Mais elle savait qu'elle aurait dû être honnête avec elle-même plus tôt, et qu'ils auraient dû avoir cette conversation des jours auparavant.

— Est-ce que tu veux toujours dîner ? demanda-t-il.

Elle hésita et figea son verre d'eau à quelques centimètres de ses lèvres.

— Sérieusement ?

Un petit sourire apparut au coin de sa bouche.

— Ça serait assez hypocrite si j'arrêtais de t'apprécier maintenant, non ?

Elle rit, puis secoua la tête.

— Tu es vraiment un homme bien, Alan Lowe. Un jour, une femme sera très chanceuse de t'avoir.

Nolan quitta *Le Fix* de bonne humeur et l'esprit léger. Le premier concours de *L'Homme du mois* avait été un franc succès et pas seulement parce que Jenna et son équipe avaient réussi à persuader une douzaine d'hommes du coin de participer. Ni parce que la file d'attente pour entrer dans le bar s'était étendue jusqu'au bout de la rue.

Pas même parce que les femmes dans le public s'étaient emballées quand les prétendants s'étaient pavanés sur la scène.

Non, pour Nolan, Reece Walker avait été le roi de la soirée dès lors qu'il était monté sur la scène et avait avoué son amour à Jenna Montgomery.

Nolan avait attentivement écouté les mots de son ami, mais ses yeux avaient tout du long été rivés sur Jenna et l'expression qu'il avait lue sur son visage l'avait hypnotisé. La douce lueur de joie qui avait brillé dans les yeux de la jeune femme avait semblé illuminer toute la pièce.

Il voulait qu'une femme le regarde comme ça.

Non. Pas *une* femme. Shelby.

Elle avait chamboulé sa vie, c'était certain, et il n'y avait plus aucun doute dans sa tête ou dans son cœur : il la voulait. En plus, il était presque certain qu'elle le voulait aussi et plus que pour des relations sexuelles occasionnelles, aussi fabuleuses soient-elles.

Il marchait sur la 6e Rue et s'arrêta sur Congress Avenue en attendant que le feu pour les piétons passe au vert. Il devait ensuite tourner à gauche pour rentrer à son appartement. Mais quelque chose, ou plutôt quelqu'un, attira son regard.

Shelby.

Elle se trouvait devant le Starbucks en compagnie d'un homme portant une veste de sport et ayant les cheveux coupés ras. Un collègue, peut-être ?

Il commença à l'appeler, mais au même moment, elle se mit sur la pointe des pieds, plaça une main sur l'épaule de l'homme et l'embrassa.

Il se figea, trop stupéfait pour savoir comment réagir. *C'est quoi ce bordel ?*

Elle fit un signe pour dire au revoir à son compagnon de soirée et continua le long de la route en direction de l'immeuble de la Frost, très certainement pour reprendre sa voiture et rentrer chez elle.

Il songea qu'il devrait laisser tomber cette affaire et lui en parler plus tard. Après tout, il avait une émission demain matin et devait se reposer. Toutefois, il n'était pas si tard et il savait très bien qu'il ne pourrait pas dormir avant de l'avoir vue et confrontée.

Il sortit son téléphone, ouvrit son application de covoiturage préférée et demanda une voiture. Puisqu'elle habitait à près de deux kilomètres de là où il se trouvait, il arriva devant sa maison avant elle. Du moins, présumait-il qu'elle rentrerait chez elle.

Mais peut-être se rendait-elle chez cet homme, peu importe qui il était.

Il croisa les doigts derrière sa nuque et pencha la tête en arrière pour admirer les étoiles et sa poitrine se serra douloureusement lorsqu'il repensa à la scène à laquelle il avait assisté quelques minutes plus tôt. Il ne l'avait pas vu venir, mais il était réellement en état de choc.

Cette femme avait le pouvoir de lui briser le cœur, et cela l'effrayait plus que tout.

Il faisait les cent pas devant son porche, se répétant ce qu'il pourrait dire, quand la voiture de Shelby entra dans l'allée. Elle éteignit le moteur, sortit et marcha vers sa porte la tête penchée en avant alors qu'elle fouillait dans son sac pour trouver ses clés.

Il resta bouche bée de stupeur. Il aurait aimé que les voitures sans clés n'existent pas, parce que sans cela, elle aurait très certainement eu ses clés à la main à l'heure actuelle. Que ce serait-il passé s'il avait été un agresseur ? Ne se préoccupait-elle donc pas de sa propre sécurité ? Il allait devoir avoir une longue conversation avec elle, et peut-être demander à Brent de mettre quelques lumières avec détecteur de mouvements ainsi qu'un solide verrou sur sa porte d'entrée. Il voulait qu'elle soit en sécurité après tout, et...

— Nolan ?

Elle lui offrit un grand et lumineux sourire, comme si elle n'avait pas détruit tout son monde il y a à peine quinze minutes en embrassant devant lui un autre homme.

— Qu'est-ce que tu fais ici ?

— Tu l'as embrassé, lâcha-t-il.

Ce n'était *vraiment* pas ce qu'il avait prévu de lui annoncer en premier et il savait très bien que ce n'était pas la meilleure approche dans ces circonstances, mais les mots étaient sortis d'eux-mêmes.

Comme si l'univers voulait lui prouver qu'il avait raison, il vit son corps se raidir. Puis, elle redressa sa posture et releva le menton. De toute évidence, elle était contrariée.

— Tu *m'espionnais* ?

— Je marchais le long de Congress Avenue. Imagine ma surprise quand je t'ai vue lécher le visage d'un autre mec que moi. Pour l'amour du ciel, Shelby, nous sortons ensemble.

Elle croisa les bras sur sa poitrine et lui lança un regard furieux.

— Vraiment ?

— Eh bien, nous passons beaucoup de temps ensemble, surtout si nous prenons en compte toutes les fois où nous sommes nus l'un contre l'autre, et *oups*, mon pénis semble à chaque fois atterrir dans ton vagin. Alors soit nous sortons ensemble, soit l'un de nous deux est vraiment maladroit.

Elle tourna la tête de tous les côtés, certainement pour s'assurer qu'aucune oreille indiscrète ne les écoutait ni qu'aucun voisin trop curieux les observait.

— Qu'est-ce qui ne va pas chez toi ?

— Je suppose que je suis l'idiot du village. Tu pensais me plaquer pour le major de promo ?

Pendant un court instant, il lui sembla qu'elle allait vraiment le laisser avoir le dernier mot. Mais elle ferma simplement les yeux, en se tenant toujours parfaitement droite, et laissa passer dix secondes avant de soupirer bruyamment. Puis, elle glissa ses clés dans la serrure de sa porte d'entrée et l'ouvrit d'un geste brusque.

— Entre, lui ordonna-t-elle en se décalant sur le côté

pour le laisser passer. Nous ne ferons *pas* ça devant mes voisins.

Faire ça. Les mots pesèrent comme du plomb dans son estomac. Faire quoi ? Rompre ?

Il inspira, hocha calmement la tête et obtempéra. Elle le suivit, puis claqua la porte derrière elle.

— Bon, on va mettre les choses au clair, annonça-t-elle en s'approchant de lui et en mettant son index contre son torse. Premièrement, je ne suis pas comme la connasse de princesse des glaces qui te sert d'ex-femme. Compris ?

Elle ne lui laissa pas le temps de répondre et enchaîna :

— Deuxièmement, ce *mec* que tu as vu était Alan.

Ce prénom lui fit l'effet d'un coup de pied dans le derrière.

— *Merde*, laissa-t-il échapper. Mais alors, qu'est-ce que vous faisiez ensemble ?

Voulait-elle rompre avec lui ? Parce que peu importe ce qu'elle semblait penser, ils sortaient bel et bien ensemble, et il n'allait pas abandonner sans se battre pour elle. Il n'était pas près de la laisser partir sans tout tenter pour la retenir.

— Troisièmement, continua-t-elle en ignorant totalement sa question. Tu es un idiot.

— Parce que je suis tombé amoureux de toi ? Oui, peut-être bien.

— Tu es un idiot parce que c'était un baiser d'adieu. Un baiser d'adieu chaste qui me semblait approprié puisque je venais de rompre avec lui.

— Tu...

Mais il ne put poursuivre sa phrase parce que ses pensées étaient désormais trop confuses.

Elle croisa les bras sur sa poitrine, pencha la tête sur le côté et attendit.

— Tu as rompu avec lui ?

— J'ai songé que c'était ce que je devais faire. Je ne pouvais pas vraiment continuer avec lui sachant ce que je ressens pour toi, mais c'est un homme adorable qui n'a rien fait de mal si ce n'est qu'il n'est pas toi. Alors, ne t'avise pas de m'embêter avec ça.

— Oh, souffla-t-il en glissant les mains dans les poches de son jean. Alors, qu'est-ce que tu ressens pour moi ?

Elle lui offrit un sourire en coin et s'approcha de lui jusqu'à ce qu'elle puisse le prendre dans ses bras.

— Tu es le genre de mec qui surprendra toujours mon vagin.

Il ne put s'empêcher d'éclater de rire.

— Tu n'es pas très intelligente, hein ? Je veux dire, pour être tombée amoureuse d'un idiot comme moi.

— Non, approuva-t-elle. Pas très intelligente du tout.

Elle déposa un baiser sur ses lèvres.

— Est-ce que tu veux qu'on continue à nous disputer ou tu veux un café ?

— Tu as du scotch ?

Elle rit.

— Oui, je pense que je peux t'arranger ça. Attends un instant.

Alors qu'elle se rendait dans sa cuisine pour aller

chercher ce qu'il lui avait demandé, il s'installa dans son canapé. La première chose qu'il remarqua fut le nouveau livre qui trônait sur sa table basse : *Watchmen*.

— Tu lis ça ? s'enquit-il quand elle revint avec un verre à la main.

— Je viens tout juste de le commencer. J'ai appelé *L'Antre du Dragon* et je leur ai demandé de m'en mettre un exemplaire de côté, expliqua-t-elle en faisant référence au magasin de jeux vidéo et de mangas préféré de Nolan. Tu m'as dit que c'était bien.

Elle avait prononcé sa dernière phrase comme si elle le mettait au défi de la contredire.

— Ça l'est, acquiesça-t-il.

Il se sentait à la fois ridiculement et stupidement flatté qu'elle ait laissé de côté un grand classique de la littérature pour découvrir son manga favori.

— Dans ce cas, j'ai une idée pour le reste de la soirée, susurra-t-elle. Est-ce que ça te dirait de te pelotonner avec moi sur le canapé en lisant *Watchmen* ensemble et voir plus tard si des parties de nos corps pourraient s'imbriquer ?

— Oui, sourit-il en mettant un bras autour de ses épaules pour l'attirer à lui tout en prenant le livre. Cela me semble une merveilleuse idée.

TREIZE

— Alors vous deux, ça commence À Être sÉrieux, se réjouit Kayla.

Elle, Hannah et Shelby parcouraient les allées de *Toy Joy*, un magasin dans lequel on pouvait trouver des jouets inhabituels, un peu fous et délirants pour les enfants et les adultes. Elle s'y était donné rendez-vous à l'heure du déjeuner, ce mardi, et elles étaient parties en quête du cadeau parfait pour la nièce de Kayla qui allait avoir huit ans.

— Je suppose que c'est le cas, acquiesça Shelby, incapable de retenir son sourire.

Presque une semaine s'était écoulée depuis que Nolan avait perdu les pédales après l'avoir vue embrasser Alan et ils n'avaient cessé de se voir au cours des jours qui avaient suivi. À présent, ils passaient la plupart de leurs soirées ensemble soit chez elle soit dans son appartement. Ils avaient même été à Hill Country, une région du centre du Texas, pour faire du shopping

ou goûter des vins, une sortie que toutes ses amies considéraient comme un point marquant dans une relation.
Et bien qu'ils ne manquent jamais de sujets de conversation, ils pouvaient tout aussi bien profiter de la
présence de l'autre sans se sentir oppressés par le
silence.

Mais Kayla ignorait tout cela, à l'exception de leur
sortie à Hill Country. Elle ne jugeait l'état de leur relation que par le contenu de l'émission de radio de Nolan
et semblait avoir écouté celle de ce matin. La veille, il
avait demandé la permission à Shelby avant de révéler
quoi que ce soit.

— Tu es certaine ? avait-il insisté quand elle lui avait
affirmé que ça ne la dérangeait pas.

Quand elle lui avait de nouveau assuré que c'était le
cas, il avait voulu savoir ce qui la poussait à accepter.
Apparemment, il ne voulait pas prendre le risque de la
mettre en colère de nouveau.

— Honnêtement, je ne suis pas certaine de pouvoir
l'expliquer. Quand je t'écoute, j'ai l'impression de me
découvrir sous un nouveau jour. La première fois que j'ai
ressenti cela, c'était quand j'étais en colère contre toi,
après notre première nuit ensemble.

— Qu'est-ce que tu veux dire ?

— Tu rends tout amusant. La circulation, la météo, le
sexe...

— Le sexe *est* amusant.

— C'est vrai, avait-elle admis, mais avant toi, je n'y
avais jamais pensé de cette manière. Enfin, je veux dire
que oui, le sexe est parfois à couper le souffle, mais

amusant ? Au point de rire quand nous sommes nus ? Jamais de la vie.

Elle avait secoué la tête et il avait froncé les sourcils.

— Vraiment ?

Elle l'avait embrassé.

— Ne te méprends pas. Je ne veux pas que tu t'emballes et commences une nouvelle carrière en tant que gourou du sexe, d'accord ? Et si tu parles de moi, alors ça a intérêt à être de manière anonyme.

— Compris, avait-il répondu.

Et à partir de ce moment, chaque fois qu'il faisait référence à sa « complice » tout autant dans le crime qu'au lit, il l'appelait son Paradoxe.

Elle s'était étonnée du surnom et il lui avait expliqué que cela lui était venu naturellement la nuit où ils s'étaient rencontrés au bar. Selon lui, elle était timide et calme, mais avec un vrai brasier à l'intérieur.

— C'est toujours le cas, avait-il ajouté en déboutonnant le chemisier blanc de Shelby.

Puis il avait soulevé sa jupe pour pouvoir faire glisser sa culotte jusqu'à ses chevilles.

— Je devrais t'acheter des jarretelles et des strings, mais je me suis mis à aimer déballer l'ensemble, lui avait-il soufflé.

Il s'était alors mis à genoux devant elle et avait titillé son clitoris de sa langue. L'orgasme qui l'avait submergée avait été si rapide et brutal qu'elle avait cru mourir de plaisir.

Dans tous les cas, ç'avait été une merveilleuse façon de terminer sa journée de travail.

— Tu devrais appeler le standard de l'émission un de ces jours, lui conseilla Hannah. Ça serait hilarant.

Shelby secoua la tête.

— Vous savez que c'est moi, et je suis certaine que certains de ses amis aussi. Imaginez si l'un de mes clients écoute ? Ou ma mère ?

— Et alors ? Ce n'est pas comme s'il parlait de braquer des banques, ricana Kayla. Vous sortez ensemble. Tout va bien.

— Tout va bien, oui. Mais je ne souhaite pas encore rendre notre relation publique.

En théorie, elle devait admettre que l'idée d'appeler le standard téléphonique pour le taquiner, ou suggérer toute sorte de choses décadentes qu'ils pourraient faire ensemble l'amusait et la tentait. Cependant, elle ne le ferait jamais. Elle ne souhaitait pas risquer que tout le monde sache qu'elle était la femme qui se cachait derrière les histoires osées et grivoises qu'il racontait.

Leur relation était même devenue son petit secret. Elle aimait ça en quelque sorte, être anonyme, être une femme mystérieuse. Sans compter qu'entendre parler de leur vie avec le seul filtre d'un homme qui signifiait tellement pour elle la faisait frissonner d'excitation et de plaisir.

— Je t'ai acheté quelque chose, déclara Hannah, les yeux brillants, alors qu'elles quittaient *Toy Joy* avec toute sorte de gadgets idiots pour elles en plus d'un merveilleux kit de vétérinaire.

— Ah bon ? s'étonna Shelby.

Son amie lui tendit un cube de douze centimètres carrés environ, enveloppée dans un fin tissu.

— Qu'est-ce que c'est ?

— Ouvre-le ce soir, et utilise-le demain matin.

— Hannah !

— Je suis sérieuse. Tu me remercieras.

Shelby regarda d'un air dubitatif la petite boîte mystérieuse au creux de sa paume.

— Si tu le dis.

Elle suivit le conseil d'Hannah et attendit jusqu'au soir pour l'ouvrir... Puis, elle éclata de rire quand elle découvrit son contenu.

Oui, c'était vraiment une bonne idée.

Non seulement le cadeau était génial, mais elle était heureuse de l'avoir ce soir, parce qu'elle avait bien besoin de rire. Elle n'avait pas passé une nuit sans Nolan depuis une semaine et elle se sentait un peu seule et pas dans son assiette. Aujourd'hui, il animait un événement en compagnie d'autres personnalités de la radio en centre-ville. Celui-ci se terminerait tard et puisqu'il devait se lever avant l'aube, il l'avait prévenue qu'il rentrerait directement chez lui et qu'il la verrait le mercredi soir, quand ils iraient ensemble au *Fix* pour assister au concours de *L'Homme du mois* et enregistrer quelques bribes pour qu'il puisse en faire la promotion au cours de sa prochaine émission.

Elle ne passa pas une nuit paisible et lorsque son réveil sonna à six heures, elle réalisa à quel point elle avait pris l'habitude de dormir en sentant à la fois l'odeur et la chaleur de Nolan à ses côtés.

Elle frotta son visage ensommeillé, puis tendit la main vers le présent de Hannah. C'était un appareil électronique qui permettait de modifier sa voix pour parler de manière anonyme au téléphone. Il ne tromperait certainement pas la CIA, mais pour les circonstances, il était absolument parfait.

Armée de son jouet, elle s'assit dans son lit, composa le numéro des demandes spéciales de la station de radio K-I-K-X et croisa les doigts pour que ce soit Nolan qui réponde et pas Connor, son producteur. Heureusement, le destin semblait être de son côté.

— Bonjour. Bienvenue sur *Wood Matin*, quelle est votre demande ?

— J'ai envie de toi pour commencer, répondit-elle de sa voix électronique étrange. Tu m'as manqué la nuit dernière.

Il y eut un court silence… Et puisque Nolan ne laissait *jamais* les ondes sans son, elle savait qu'il était sidéré et par conséquent, elle ne put s'empêcher de faire une petite danse de la joie mentale. En revanche, la pause fut à peine audible, et comme personne n'improvisait mieux que Nolan, il se reprit immédiatement.

— Je pense que je suis celui à qui tu as le plus manqué, susurra-t-il dans son micro. Et pour ceux qui nous écoutent, nous avons ce matin droit à un cadeau exceptionnel. Parce que vous écoutez un véritable paradoxe en direct. La question est maintenant… Est-ce qu'elle a appelé pour parler, faire une demande ou pour quelque chose de plus salace et tordu ? Personnellement, j'espère que ça sera l'option trois, mais je ne retiens pas ma respiration. Souvenez-vous que je la connais, et je sais qu'elle n'est pas du tout matinale.

Shelby rit malgré elle. Elle sentait son sang pulser à ses tempes tant sa nervosité était grande.

— Une demande, annonça-t-elle. Pour une chanson... Et pour plus tard.

— Je t'écoute.

— *Une chanson des Veronicas. Take me on the Floor.*

Elle entendit au téléphone le son rauque qui lui échappa, puis qui se transforma en grognement quand elle augmenta le volume de la radio. Elle raccrocha abruptement. Ses aisselles étaient devenues moites et son cœur battait la chamade, alors que tout ce qu'elle avait fait, c'était de l'appeler pendant son émission.

Comment Nolan parvenait-il à faire cela tous les jours ? Et sans script ? De son point de vue, c'était une prouesse qui frôlait le génie.

Elle monta le son du poste de radio et écouta Nolan improviser sur son appel. Puis il fit grimper la température dans la chambre de Shelby en jouant un extrait de *Afternoon Delight* du groupe Starlight Vocal.

Alors que les derniers accords de la musique résonnaient autour d'elle et que sa demande spéciale était exécutée, il parla d'une voix ferme et claire pendant la transition.

— Sois à la maison à midi, Paradoxe, lui ordonna-t-il. Et sois nue.

Étant affreusement en retard, Shelby contrevint à toutes les règles du Code de la route en retournant à son domicile pour le déjeuner.

Frank l'avait arrêtée devant les ascenseurs pour l'informer que la firme avait pris une table dans un événement de charité et il voulait qu'elle s'y rende pour se mêler à des clients potentiels.

L'œuvre de charité était dans plus de deux semaines, et elle avait donc songé qu'ils n'avaient *vraiment* pas besoin d'en parler maintenant, pas quand la possibilité de faire l'amour sur le sol l'attendait chez elle... Et elle devait absolument faire une course avant.

Elle avait finalement pris la brochure qu'il avait glissée dans sa main et avait promis de la lire attentivement. Puis, elle l'avait enfouie au fond de son porte-documents une fois qu'elle avait été seule dans l'ascenseur. N'avait-il aucun respect pour la sacro-sainte pause déjeuner ?

Heureusement, elle arriva chez elle avec cinq minutes d'avance, et courut jusqu'à son petit salon. Elle retira ses vêtements à la hâte, puis se laissa tomber nue sur son canapé au moment même où elle entendit la clé qu'elle avait donnée à Nolan remuer dans la serrure.

— Oh, non, chérie, sourit-il en refermant la porte derrière lui tandis que ses yeux balayaient le corps dénudé de la jeune comptable. C'est une vue très agréable, mais le jeu était sur le sol, tu te souviens ?

— Alors, pose-moi par terre, le taquina-t-elle.

Il s'esclaffa en s'approchant d'elle.

— Alors tu crois que je vais te jeter sur mon épaule et

t'étendre sur le sol ? Pas question, chérie. Beaucoup trop prévisible.

Il se retourna, puis poussa la table basse au centre de la pièce, ce qui amena Shelby à se demander quelle activité délicieusement séduisante il avait en tête. Cependant, quand il grimpa sur elle et commença à la chatouiller, elle rit à en avoir mal au ventre, cria et donna des coups de pied jusqu'à tomber par terre en maudissant son nom, sa famille et tous ses descendants jusqu'à la fin des temps.

Son objectif devint clair quand il la plaqua au sol, son corps à cheval sur le sien, et qu'il maintint fermement ses mains au-dessus de sa tête. Elle respirait fort — ils le faisaient tous les deux — et le fait de se sentir vulnérable, puisqu'elle était nue alors que lui était encore habillé, l'excitait.

Elle se mordit la lèvre inférieure et rencontra ses yeux brillants de désir.

— Fais-le, murmura-t-elle. Prends-moi ici, sur le sol.

Il laissa échapper un léger rire, mais l'humour disparut rapidement de son visage tandis que l'air autour d'eux se chargeait de tension sexuelle. Il descendit sur son corps, écarta ses cuisses et retira son propre jean sans lâcher ses poignets. Puis, il souffla sur la peau de la jeune femme en remontant le long de son buste, tout en forçant ses jambes à rester bien écartées malgré le fait qu'elle se tortillait, en quête de davantage de frictions.

Il embrassa et titilla chaque centimètre de son corps, et ce ne fut que lorsqu'il sentit qu'elle était suffisamment humide, fébrile et en manque, qu'il plaça son membre à l'entrée de son sexe.

— Est-ce que tu es prête ?

— Pour toi ? Toujours.

Il la pénétra à ce moment-là et lui fit l'amour, sauvagement et profondément, les yeux rivés sur les siens tout du long. Il ne détourna le regard à aucun moment, même lorsque la libération les frappa tous deux et que leur orgasme fit vibrer les murs de la maison ainsi que le cœur de Shelby.

QUATORZE

Shelby rempila soigneusement les livres qui se trouvaient sur sa table basse, puis redressa les coussins sur son canapé. Elle aimait que sa maison soit en ordre, et avait pris l'habitude de passer quelques heures le samedi matin à faire le tour de son domicile pour s'assurer que tout était rangé à sa place.

Mais récemment, elle n'avait pas fait le tri dans son porte-documents, même si c'était une tâche qu'elle faisait davantage à son bureau. Elle venait de terminer de faire le ménage dans sa cuisine, sa salle de bain et son salon et était toujours d'humeur joyeuse, c'est pourquoi elle décida de s'occuper de cela également.

Puisque sa maison était trop petite pour avoir une vraie table à manger sur laquelle elle aurait pu étaler toutes ses affaires de travail, elle alla dans sa chambre et vida le contenu de son porte-documents Louis Vuitton favori sur son lit. Il lui avait été offert lorsqu'elle avait obtenu son diplôme de comptable et elle l'aimait parce qu'il pouvait contenir beaucoup de choses. Elle pouvait même voyager partout avec lui en ayant toujours fière allure lorsqu'elle le portait.

Elle était en train de classer tous ses papiers en différentes piles lorsqu'elle entendit des pas en provenance de sa porte d'entrée ainsi que le son caractéristique de plusieurs clés teintant les unes contre les autres. Elle était sur le point d'abandonner son activité et d'aller à la rencontre de Nolan dans le salon quand son regard se posa sur la brochure pour l'œuvre de charité dont Frank lui avait brièvement parlé quelques jours auparavant.

La couverture affichait seulement les lettres SLTD dans une calligraphie artistique ainsi que plusieurs mots ayant des formes et des tailles différentes. Puisqu'elle n'avait aucune idée de la cause soutenue par l'organisme, elle commença à feuilleter les pages dans le but d'avoir au moins des parcelles d'informations à donner à Nolan avant de lui demander s'il voulait l'y accompagner.

— Salut, sourit-il en entrant dans la chambre et en se penchant par-dessus son épaule pour observer ce qu'elle faisait.

Elle réalisa alors que SLTD était pour la Salle de Lecture et de Tutorat pour Dyslexiques, une association qui se vouait à l'aide des enfants atteints de dyslexie.

Elle leva les yeux vers lui pour répondre à son sourire, avant de se concentrer de nouveau sur la brochure. Elle se sentait davantage intéressée maintenant qu'elle savait que c'était pour une bonne cause.

— Salut à toi. J'étais en train de regarder quelle était

l'œuvre de charité à laquelle Frank m'envoie. Il se pourrait que j'aie besoin d'un cavalier, le taquina-t-elle.

Mais elle fut surprise de constater que tout humour avait disparu de son visage.

— Quelque chose ne va...

Elle laissa sa question en suspens., car son regard avait été attiré par un détail sur la brochure. Au centre se trouvait une photo publicitaire de Nolan sous laquelle une phrase, avec une grande taille de police, expliquait que le grand supporter de la SLTD serait l'orateur principal du dîner de gala cette année pour parler pour la première fois de sa lutte quotidienne contre sa dyslexie.

En fonçant les sourcils, elle leva des yeux interrogateurs vers lui.

— Tu es l'orateur principal ? L'invité d'honneur ?

Il hocha la tête et elle se leva du lit pour faire les cent pas.

— Tu ne me l'avais pas dit.

— Dit quoi ?

Elle se tourna pour lui faire face. Il se tenait en position défensive, les bras croisés sur sa poitrine, et, pour une raison inconnue, l'irritation perçait dans sa voix.

— Ne joue pas avec moi, Nolan. Tu ne m'avais pas dit que tu étais la tête d'affiche d'un gala de charité. Et tu ne m'as pas non plus invitée pour que je t'y accompagne malgré le fait que l'on couche ensemble depuis un moment maintenant.

— Alors, c'est ce que nous faisons ? Coucher ensemble ?

Elle l'ignora.

— Et tu as oublié de mentionner que tu es dyslexique.

La mâchoire de Nolan se contracta.

— Le sujet n'est pas venu dans la conversation.

Une colère froide commençait à l'envahir. Toutefois, elle pouvait encore la contenir, même si la douleur faisait trembler ses jambes et sa voix.

— Tu as gardé secret un pan entier de ta vie. Tu n'as pas confiance en moi ?

Une partie de la tension dans le corps de Nolan disparut. Son expression se radoucit et devint sérieuse.

— C'était personnel, beaucoup trop personnel. Ce n'est pas quelque chose dont il est facile de parler. J'ai réfléchi pendant des mois avant d'accepter d'être l'hôte d'honneur de cette œuvre de charité.

— Beaucoup trop personnel, répéta-t-elle. Est-ce que tu as une idée de combien ça a été difficile de me faire à l'idée que tu fasses de notre vie sexuelle une attraction pour ton émission ? Ou de te demander d'attacher mes poignets pendant que tu me fais l'amour ? Ce n'est pas moi... Faire ce genre de choses ou les demander, ça ne me ressemble pas. Et pourtant, j'ai réussi et je l'ai même voulu. J'ai fait tous ces efforts pour toi, et parce que je pensais que nous formions un couple.

Une larme glissa le long de son nez et elle l'essuya rapidement.

— Mais chérie, nous sommes un couple...

— Vraiment ? Parce que ce n'est pas comme ça que je ressens les choses, là tout de suite. J'ai l'impression de n'avoir vu que ta facette célébrité. Est-ce que tu m'as un jour montré l'homme en dessous ?

— J'entends et je comprends tout ce que tu dis. Mais tu es dure avec moi, je trouve.

— Vraiment ? Toute ta vie n'est qu'une grande émission de radio dans laquelle tu racontes tout ce qui te passe par la tête et demandes leurs avis à tes auditeurs. Mais j'ai toujours pensé que tu en gardais pour toi. Qu'il y avait une part de toi, une part intime, que tu dévoilais seulement aux personnes proches de toi. C'est certainement ma faute. Je pensais que je faisais partie de ce groupe, mais ce n'est peut-être pas le cas. À mon avis, je suis seulement une autre femme dans ton public qui a la version édulcorée et sexuelle de toi.

— Tu n'es pas juste envers moi.

Elle cligna des yeux. Son corps était fatigué et sa tête lui faisait mal.

— Tu es certain ? Parce qu'à moi, ça me semble juste. C'est la vérité, admets-le. Parce que, Nolan, ça fait mal. Ici, bégaya-t-elle en plaçant une main sur son cœur. Et je ne sais pas quoi faire pour me sentir mieux.

Elle se mit en boule sur son lit après son départ, et lorsque sa mère l'appela à l'heure du dîner, elle n'avait toujours pas bougé.

— J'ai parlé avec Alan, annonça-t-elle sans préambule. Est-ce que c'est vrai que tu as rompu avec lui ?

Shelby se frotta le visage et se força à s'asseoir. Si

elle devait avoir cette conversation avec sa mère, elle avait besoin que le sang circule jusque dans son cerveau.

— Il y a un moment, oui. C'est un mec bien, répondit Shelby, mais pas une personne avec qui je veux passer le reste de ma vie.

Elle songea à Nolan, un homme avec qui elle entrevoyait un avenir. Elle se demandait si elle avait réagi de manière excessive un peu plus tôt, car plus elle réfléchissait, et plus elle se voyait faire sa vie avec lui. Mais elle ressentait une peur bleue à l'idée de le perdre, au point qu'elle voyait des fissures dans leur relation là où il n'y en avait pas.

— Shelby, tu sais que je ne vais pas remettre en question tes choix, mais nous savons toutes les deux qu'Alan t'adore.

— Je suppose, acquiesça-t-elle, mais je ne l'aimais pas.

Un ange passa, puis la voix de sa mère arriva de nouveau à ses oreilles :

— Je vois. Est-ce que tu as rencontré quelqu'un ?

Shelby aimait sa mère, mais pour une femme qui vivait de mathématiques et de nombres, elle était rarement directe et franche avec les choses de la vie.

— Si tu as parlé avec Alan, tu sais que c'est le cas.

Elle put pratiquement entendre sa mère froncer les sourcils.

— Alan ne savait pas qui avait attiré ton attention.

— Son nom est Nolan Wood. Il est animateur radio.

— Pardon ? Comme un DJ ?

— C'est beaucoup plus que ça, maman. C'est pratiquement un humoriste.

— Je ne suis pas certaine que cela améliore les choses. Tu dois te soucier de ton apparence professionnelle. Est-ce qu'il...

— Ça me fait penser, la coupa-t-elle, heureuse d'avoir trouvé un moyen de changer de sujet. J'ai eu un appel des Jeunes Professionnels. Tu sais, le réseau de professionnels à nature éducative ? Ils m'ont demandé si je pouvais faire un entretien devant les caméras pour leur page web. Je serai sur Facebook, YouTube et je ne sais plus exactement où.

— C'est merveilleux, ma chérie. C'est exactement le genre de choses que tu devrais faire.

Contrairement à Nolan.

Sa mère n'avait pas prononcé les derniers mots, bien sûr, mais Shelby comprit quand même ce à quoi elle pensait et la désapprobation de sa mère résonna en elle jusqu'à la fin de l'appel et même au-delà.

Néanmoins, leur discussion eut seulement pour conséquence de ramener ses propres pensées concernant Nolan sur le devant de la scène.

Elle tendit la main vers son téléphone pour lui téléphoner, puis se ravisa de peur qu'il lui raccroche au nez. Plus que ça, elle avait peur de mériter sa fureur.

À la place, elle attrapa son exemplaire de *Watchmen* sur la table, s'installa confortablement dans son fauteuil et reprit sa lecture là où elle l'avait laissée.

Lorsqu'elle ferma enfin le livre, il était tard. Elle avait été si absorbée par l'histoire de ces héros imparfaits et fascinants qu'elle n'avait pas vu les heures défiler. Souvent, ils faisaient les mauvais choix, mais elle n'avait pas une seule fois quitté le texte des yeux et leur avait toujours laissé une chance. Et surtout, elle les avait suivis jusqu'à la toute dernière ligne.

De nouveau, elle songea à Nolan. Peut-être était-ce à lui qu'elle avait pensé tout au long de sa lecture ?

En fronçant les sourcils en réaction à ses propres pensées sinueuses, elle se leva et partit dans sa chambre avec l'intention de se coucher. Toutefois, elle enfila un short et un t-shirt, attrapa son sac et se dirigea vers sa voiture.

QUINZE

Puisque Nolan se couchait tôt la semaine pour ne pas ressembler à un zombie pendant son émission, il rentrait rarement chez lui avant une ou deux heures du matin les vendredis et les samedis. Pourquoi le ferait-il ? C'étaient les seuls jours où il pouvait réellement profiter de la magie de la nuit. Comme les mauvaises vidéos YouTube et les réseaux de shopping douteux, ses nuits donnaient beaucoup de matière à Nolan pour ses émissions.

Mais aujourd'hui, il comptait se coucher tôt. Il voulait arrêter de penser aux reproches que Shelby lui avait lancés à la figure. L'empêchait-il réellement de voir une partie de lui ? Non, ce n'était pas vrai, bien sûr. Certes, il ne lui avait pas dévoilé tous les petits aspects de sa vie, mais cela ne signifiait pas qu'il avait des réserves quant à leur relation. Et puis, pourquoi ses difficultés auraient-elles un impact sur leur couple ?

Il aurait dû lui en parler, il le savait. Et il comprenait sa réaction.

En d'autres termes, Nolan avait principalement passé son samedi soir seul à se donner des coups de pied aux fesses pour ne pas avoir avoué à la seule femme qu'il aimait qu'il était désolé, qu'il avait eu tort. Non seulement il aurait dû l'informer de sa présence à l'œuvre de charité, mais il aurait dû lui parler de son enfance, de sa dyslexie et de la façon dont il la gérait à présent en tant qu'adulte.

Mais au lieu d'agir ainsi, il avait tourné les talons et était parti, et depuis qu'il avait quitté sa maison, il ne cessait de se fustiger et de s'insulter mentalement. Il était conscient qu'il s'était comporté comme un imbécile.

Il se recroquevilla davantage dans son lit, cherchant l'oubli dans le sommeil, mais cela n'arriva pas. À la place, il se tourna, encore et encore, jusqu'à ce que finalement il décide de se relever. Peut-être un verre de scotch et le visionnage d'une chaîne d'informations le berceraient-ils et l'aideraient à s'endormir.

Il venait de vider son premier verre et en remplissait un second quand la sonnette de sa porte d'entrée retentit, ce qui était inhabituel puisqu'il vivait dans un bâtiment sécurisé. Personne d'autre que les résidents ne pouvait venir à sa porte. Pour ce faire, il fallait connaître le code qui permettait d'utiliser l'ascenseur.

Il mit un peignoir miteux par-dessus son boxeur et son t-shirt *Wood Matin*, puis se dirigea pieds nus vers la porte. En passant devant son horloge, il constata qu'il était déjà plus de minuit. Il fronça donc les sourcils, en espérant qu'il n'y avait pas de soucis dans le bâtiment. Peut-être l'un de ses voisins avait-il oublié ses clés d'appartement, se retrouvait enfermé dehors et avait besoin d'emprunter son téléphone ?

Quand il regarda par le judas, il constata que ce n'était pas un voisin. Non, c'était Shelby. Le soulagement qui le submergea menaça presque de le faire tourner de l'œil.

Il déverrouilla la porte et l'ouvrit avec empressement.

— Je suis désolé, déclara-t-il en même temps qu'elle.

Ils se regardèrent et éclatèrent de rire.

— Comment as-tu réussi à monter ici ? la questionna-t-il en se décalant pour la laisser entrer.

Ils restaient habituellement chez elle puisque son logement était meublé avec des restes de vente de garage et des meubles IKEA. Il avait l'intention d'embaucher un décorateur, mais il ne cessait de reporter cela à plus tard.

Elle lui fit un clin d'œil.

— Je t'ai vu taper le code la dernière fois que tu m'as emmenée chez toi. Et j'ai une bonne mémoire pour les nombres.

Le silence s'installa et ils se tinrent face à face pendant un moment sans parler. Il voulait tout lui dire, mais il ne savait pas par où commencer.

— Écoute, commença-t-elle, j'apprécie tes excuses, vraiment, mais je suis celle qui devrait faire son *mea culpa*.

— Non, répondit-il fermement. Tu avais raison. C'est seulement que je n'en ai jamais parlé à personne, sauf à ma sœur. Pas même à mes parents

— Et tu n'as pas à m'en parler.

— Si, je le dois.

Elle pencha la tête sur le côté et l'étudia du regard. Son expression sérieuse contrastait avec ses vêtements d'été.

— Pourquoi ?

— Parce que je veux que tu me connaisses. Shelby, tu es probablement la première femme que je désire vraiment faire entrer dans ma vie, et cela inclut la femme que j'avais épousée.

— Oh.

Rien d'autre ne sortit de la barrière de sa bouche, mais l'étincelle qu'il vit dans ses yeux si fascinants lui apprit qu'elle était heureuse.

— Tu veux aller marcher ?

Si son aveu l'avait ébranlée, elle ne le montra pas.

— Bien sûr.

Il disparut dans la salle de bain assez longtemps pour mettre un short kaki par-dessus son boxer. Ensuite, ils se dirigèrent en silence vers le rez-de-chaussée, et leurs pas les portèrent en direction du fleuve. Lorsqu'ils atteignirent la rue Cesar Chavez qui était parallèle à l'étendue d'eau, ils traversèrent sur un passage piéton, puis suivirent le sentier de randonnée et de vélos sous le pont de Congress Avenue, vers l'hôtel *Four Seasons*.

Ce ne fut que lorsqu'ils atteignirent un petit banc près du bord de l'eau qu'il commença à parler. Ses mots jaillirent sans difficulté de sa bouche. Il lui raconta ses difficultés à l'école, et quand bien même il savait qu'il ne lisait pas « correctement », il n'avait jamais demandé d'aide à cause de son père.

— Pas Huey. C'est mon beau-père et il est génial. Par

contre, mon père biologique a sa propre idée de la perfection et un fils atteint de dyslexie n'allait pas dans ce sens.

— Tu vivais avec lui ?

— Moitié, moitié. J'aurais pu dire la vérité à ma mère, mais à cette époque, l'attitude de mon père déteignait sur ce que je pensais de moi-même. Il y avait un autre enfant dans le quartier qui avait des difficultés pour lire et chaque fois que mon père en parlait, il se plaignait que le gamin était stupide ou paresseux.

— C'est horrible, marmonna-t-elle en secouant la tête de dépit.

— Tu n'as pas tort. Mais à cette époque, j'étais jeune et je n'avais pas d'autres références. Alors au lieu de demander de l'aide, ou de faire en sorte qu'un professeur puisse se rendre compte que j'en avais besoin, j'ai commencé à apprendre à faire face. Je suis devenu le clown de ma classe. J'ai développé ma mémoire et ai fini par acquérir une super bonne mémoire. J'ai appris à mener ma barque en commençant par un mot, puis une phrase, enfin un livre si j'avais assez de temps... Alors je réussissais assez bien les tests à choix multiples. Les essais, pas trop.

— Personne ne le remarquait ?

— À l'école élémentaire et au collège ? Non. Au lycée, ils ont commencé, mais je me suis plongé dans des activités périscolaires, surtout dans les discours et le théâtre, et si quiconque remarquait la baisse dans mes notes, on mettait cela sur le compte d'une potentielle hyperactivité.

— Les discours et le théâtre n'impliquent pas beaucoup de lecture ?

— Plutôt beaucoup de mémorisation. Chaque fois, je devais prendre mon temps, enregistrer le texte sur un magnétophone. Après, je n'avais plus qu'à le mémoriser. Je ne me trompais jamais.

— Tu as fini par décrocher, non ?

— Ce qui est amusant avec le lycée, c'est qu'au bout d'un moment, ils nous font écrire des essais et des articles de recherche. J'étais populaire en tant que clown de ma classe. J'avais des notes correctes et j'avais le rôle principal dans quelques pièces. Je voulais quitter le lycée sur une bonne note, et en n'étant pas considéré seulement comme un enfant désagréable qui échouait dans tous ses cours.

— Nolan...

— Ce n'est pas si mal. À ce moment-là, je savais que je voulais faire de la radio. Alors j'ai poursuivi ce rêve. Je me suis frayé un chemin pour être là où je le souhaitais.

Il lui raconta comment il avait réussi à gravir les échelons et comment Connor l'aidait désormais en lui faisant des briefings oraux.

— Est-ce qu'il sait pour ta dyslexie ?

— Je ne sais pas. Je ne lui ai jamais demandé. Mais si c'est le cas, cela ne le dérange pas et ça me va.

— Je suppose que cela posait problème à Lauren.

— Je ne lui ai jamais dit. Elle pensait seulement que j'étais paresseux, que je ne m'appliquais pas. Elle n'a jamais pris en considération qu'en montant les échelons un à un, j'aurais une meilleure compréhension de tout ce qui se passe, ni que je n'avais pas obtenu mon Bac parce que j'étais à un point dans ma vie où je n'en avais plus besoin. Pour ce qui est de l'ambition, être heureuse n'était pas assez pour elle... Nous ne l'étions pas, et tant que nous vivions de manière frugale, elle ne se sentait jamais satisfaite. Elle voulait de la richesse et elle la voulait tout de suite. Le fait que j'économisais depuis que j'avais quatorze ans et que j'avais mis une belle somme de côté ne l'impressionnait pas du tout.

— Je suis impressionnée, et venant d'une comptable, sache c'est un gros compliment.

Il sourit. Les paroles de Shelby rendaient moins amers ces souvenirs déplaisants.

— Elle me faisait toujours ressentir que je ne pourrais pas y arriver. Je pense que je commençais à la croire, parce que j'ai toujours eu une voix qui me disait des choses similaires dans ma tête, celle de mon père, toute ma vie.

Il soupira bruyamment.

— Parfois, je me demande si je n'aurais pas dû rester à l'école. J'aurais peut-être dû harceler le conseiller pour intégrer un programme d'aide aux dyslexiques. Tu sais, j'ai toujours été obligé de prendre sur moi quand mon père me rabaissait.

— Non, répondit-elle fermement. Pas de regrets, d'accord ? Parce que ton passé a fait de toi qui tu es aujourd'hui, et le Nolan qui est assis à côté de moi est vraiment génial.

— Shelby...

Il plaça une main dans sa nuque et l'attira à lui pour

l'embrasser si tendrement que son cœur battit douloureusement dans sa poitrine. Lorsqu'il se détacha, il se perdit dans ses yeux tout en retirant distraitement les cheveux qui étaient tombés devant son visage du bout des doigts.

— Est-ce que tu veux rentrer ?

Il la voulait... Seigneur, il avait encore envie d'elle. Jamais il ne se lasserait d'elle. Et si elle voulait rentrer pour aller dans son lit, il n'hésiterait pas à lui montrer à travers ses caresses tout l'amour qu'il ressentait pour elle. Mais pour le moment, il souhaitait tout simplement la serrer contre lui.

— Est-ce que ça t'ennuie si on reste ici un moment ? Je souhaite seulement regarder le fleuve et être avec toi.

— Mon cœur, ça me semble parfait.

Il repensa à cette nuit quelques jours plus tard quand il se tint debout derrière le pupitre de la salle de bal de l'hôtel *Westin* dans le nord d'Austin. La vaste salle était remplie de dizaines de tables rondes, toutes pouvant accueillir jusqu'à huit convives. Chacune des tables serait occupée, comme le personnel le lui avait indiqué la semaine dernière quand il avait appelé pour leur donner les derniers renseignements concernant cet événement.

Normalement, Nolan n'avait aucun problème pour parler aux foules. Après tout, il le faisait tous les jours pour gagner sa vie, même si son auditoire lui était invisible.

Il n'avait jamais eu le trac lors d'une apparition

publique, parce que c'était ça être Nolan Wood, la célébrité. Habituellement, il s'en tenait au thème et avançait la tête haute, à l'aise dans son personnage d'animateur radio populaire.

Cependant, aujourd'hui, il devrait être lui-même, et c'était infiniment plus difficile.

La nervosité l'avait frappé plus tôt dans la soirée, lorsqu'il se trouvait chez Shelby, au point qu'elle avait dû lui faire son nœud papillon. Mais il était parvenu à se calmer lorsqu'elle était apparue devant lui dans une robe à couper le souffle qu'elle avait empruntée à son amie Hannah selon ses dires.

— Pourquoi t'embêter ? lui avait-il demandé quand elle avait revêtu un string en dentelle. Ne mets rien. Tu es pratiquement nue là-dessous de toute façon.

— Tu es fou. C'est un bal de charité, pour les enfants.

— Je ne pense pas que les enfants vont venir au gala, et quand bien même ils le feraient, ils n'iront pas voir ce qu'il y a sous ta robe.

— Je ne vais pas y aller sans sous-vêtements.

— Pas même si ça me permet de me calmer ?

Elle lui avait seulement lancé un regard neutre, puis avait enfilé sa robe et glissé ses pieds dans ses chaussures.

— Pas même. On dit que c'est bien d'avoir le trac avant un discours, que ça donne une dose supplémentaire d'adrénaline. Alors, je t'en prie.

Il avait ri. Maintenant, il se permettait seulement un petit sourire, laissant le souvenir calmer ses nerfs de nouveau. Puis, quand le silence se fit dans la salle, il commença à parler.

Quand il avait écrit son discours, il avait réalisé que de nombreuses choses qu'il comptait aborder rejoignaient ce qu'il avait révélé à Shelby sur le bord du fleuve. Il avait parlé de son passé, de ses difficultés, de ses secrets et de sa honte, et c'était ce qu'il s'apprêtait à raconter aujourd'hui aux personnes dans la salle de bal.

Il avait avoué la vérité à ses parents trois jours auparavant et maintenant, ils le regardaient avec tellement de fierté que cela lui serra la gorge. Amanda était assise près d'eux, vraiment radieuse, et Shelby avait pris place à côté d'elle, ayant abandonné sa table sous prétexte de bavarder avec elle sur le sujet de la comptabilité pour son agence immobilière. Ils avaient passé une bonne partie de la soirée ensemble et il était soulagé de constater qu'elles s'entendaient bien. Il n'en avait jamais douté, mais les souvenirs du dédain mutuel entre Lauren et Amanda planaient toujours dans sa mémoire.

Alors qu'il continuait son discours, il fut surpris de remarquer que beaucoup de personnes présentes avaient les larmes aux yeux. Comme il avait l'habitude de faire rire les gens, l'impact que ses mots avaient sur ces gens le remplit d'humilité.

Lorsqu'il eut enfin terminé et qu'il descendit de la scène, il eut tellement de mains à serrer et fut tant félicité que cela lui prit presque quarante-cinq minutes pour se retrouver enfin seul avec Shelby.

— Tu as été génial, le congratula-t-elle.

— Retire ta culotte, rétorqua-t-il.

Elle en recracha presque la gorgée de vin qu'elle venait de boire et rit.

— Tu ne penses qu'à ça ?

— Hé, je suis comme un dieu ici. Est-ce que tu as vu leur réaction ?

À la manière dont elle rayonnait, il sut que c'était le cas.

— Ton excellente performance ici ne te donne pas le droit à un fantasme.

— Les fantasmes, je peux les gérer tout seul. Mais maintenant, je veux la réalité.

Elle se mit sur la pointe des pieds, puis l'embrassa sur la joue.

— Non, mais je suis incroyablement fière de toi.

— Pourtant, tu ne veux pas être nue pour moi sous cette robe.

Elle haussa les épaules, avec une expression légèrement coquine.

— Ramène-moi à la maison, souffla-t-elle, et je me dénuderai autant que tu le désireras.

— Chérie, tu m'as convaincu.

SEIZE

Shelby avait toujours su qu'elle aimait la routine. Après tout, celle-ci était en accord avec son amour pour les nombres et la manière dont ils avaient du sens et suivaient un motif. En revanche, elle n'avait jamais imaginé à quel point cela serait confortable de se glisser dans une routine avec un homme.

De même, elle n'avait jamais imaginé que l'heureux élu choisi par son cœur serait Nolan.

Quand elle réfléchissait en termes de logique, ils n'allaient pas ensemble. Elle était ordonnée et précise. Lui débordait pratiquement d'une énergie indomptée et sauvage.

Mais c'étaient seulement des caractéristiques de surface de leurs deux personnalités distinctes. Au-delà, ils allaient bien ensemble, pas parce qu'ils étaient semblables, mais parce qu'ils formaient une sorte de puzzle. Leurs différences s'accordaient parfaitement, et une fois ensemble, tout faisait sens. En d'autres termes, ils se complétaient.

— À quoi penses-tu ? demanda-t-il en entrant dans le salon avec deux tasses de café.

Depuis son discours, il avait pratiquement déménagé chez elle. Il avait même son propre tiroir de vêtements, et Shelby adorait la vie de famille que cela impliquait.

— Est-ce que tu mérites que je te le dise ? répliqua-t-elle.

Elle leva ses pieds pour qu'il puisse s'asseoir puis les reposa sur les cuisses de son compagnon.

— Parce que je pensais à toi.

— Alors nous sommes quittes, parce que je pense toujours à toi.

— Nous sommes tellement sentimentaux, commenta-t-elle avant de rire.

— Je ne le dirai pas si tu fais de même.

— Marché conclu.

Il jeta un œil à sa montre.

— Je dois y aller. Tu seras là plus tard ?

— J'aimerais que tu ne partes pas... soupira-t-elle en songeant à tout ce qu'ils auraient pu faire ensemble avant demain.

Mais ce soir avait lieu le concours pour M. Mars au *Fix* et Nolan y allait de bonne heure pour rencontrer toutes les personnes impliquées afin d'en préparer la promotion dans son émission.

— Je serai probablement en retard, lui rappela-t-elle.

Elle fit un geste vague en direction d'une pile de papier posée sur la table basse. Elle devait actuellement gérer une petite crise et avait apporté du travail chez elle afin de pouvoir se concentrer correctement sur ce dossier.

— Ensuite, je dois rencontrer Frank après le travail et lui faire un résumé.

— Si tu n'arrives pas à temps pour le concours, tu viendras me rejoindre ?

— Absolument, acquiesça-t-elle. D'ailleurs, pour ce qui est du concours, je pense toujours que tu devrais y participer.

— Il est trop tard.

— Pas pour Mister Avril.

Il plissa les yeux.

— Cela n'arrivera pas.

— Si j'arrive à te surprendre, est-ce que ça pourrait être ma récompense ?

— Me surprendre ?

— Oui, tu sais, en sortant un lapin de mon chapeau. Ou en te faisant une fellation pendant que tu roules à quatre-vingts sur l'autoroute. Des trucs du genre.

— Oublions cette idée.

— C'est pour illustrer mon propos, promit-elle, mais si je réussis à te surprendre de manière sécuritaire...

— Je suppose que ça dépend de la surprise.

Elle leva les yeux au ciel, consciente que c'était ce qu'elle obtiendrait de mieux.

— Vas-y, le pressa-t-elle, et laisse-moi me remettre au travail.

Ses différents projets l'occupèrent tout l'après-midi et le début de soirée, mais elle eut assez de temps pour se rendre au *Fix* et s'y installer. Heureusement, elle n'avait pas de réunion ce soir-là, contrairement à ce qu'elle avait affirmé à Nolan. Elle lui avait menti dans le but de se rendre seule au bar, parce que tout cela faisait partie de son plan.

Nolan tapa amicalement sur l'épaule de Cameron pour de nouveau le féliciter d'être devenu M. Mars et le remercier d'avoir accepté de prendre part au spot promotionnel pour son émission. Mais déjà, Cameron s'était refermé sur lui-même. Nolan ne pouvait pas le blâmer. Il ne savait que trop bien que la seule chose qui accaparait l'attention de Cameron pour le moment était Mina.

Il vérifia sa montre, puis jeta un œil à la porte. Il ne l'avait toujours pas vue entrer et espérait ne pas l'avoir ratée parmi les nombreux clients qui discutaient gaiement. Il avait assisté aux trois concours de *L'Homme du mois* et au fur et à mesure des rendez-vous mensuels, l'affluence du public devenait de plus en plus impressionnante, à tel point que Brent avait été obligé d'embaucher des personnes supplémentaires pour la sécurité afin d'empêcher la foule de devenir trop bagarreuse, et de placer une personne à la porte dans le but d'éviter qu'ils dépassent la capacité maximale de la salle.

Mais Nolan ne s'était pas intéressé à ces problèmes. Il voulait seulement revoir Shelby. Il était même sur le point de sortir son téléphone et de lui envoyer un message quand Aly se précipita vers lui, le visage stressé et son plateau plein à ras bord.

— Une femme m'a donné vingt dollars pour m'assurer que tu l'aies, annonça-t-elle en lui donnant un reçu plié.

Il commença à se demander si elle lui avait tendu le mauvais message quand il réalisa que ce qui y figurait était plus qu'une simple signature.

Il le déplia et éclata de rire en lisant la note que Shelby avait écrite de son écriture précise et soignée : *Surprise.*

En revanche, dès que son hilarité s'estompa, il fronça les sourcils. Quelle était la surprise ? D'ailleurs, où était Shelby ?

Sa question trouva une réponse presque à l'instant où il se la posa, parce qu'elle était là et s'approchait de lui dans son tailleur en lin habituel avec sa veste assortie. Mais ce qui lui était familier chez elle s'arrêtait là. Son chemisier habituellement boutonné jusqu'en haut était ouvert sur son décolleté qui révélait le bord d'une camisole sexy en dentelle.

Néanmoins, ce qui était le plus intéressant à ses yeux était qu'elle marchait avec des talons hauts, incroyablement hauts, et il reconnut ceux qu'elle portait la première nuit où il avait posé les yeux sur elle.

— Shel ? Qu'est-ce que tout cela signifie ? s'enquit-il à son approche. Tout va bien ?

Dès que les morts sortirent de sa bouche, il voulut se frapper. Bien sûr qu'elle allait bien. *Il* était celui qui avait des palpitations.

— Je vais bien, ronronna-t-elle. Et j'ai quelque chose pour toi.

Elle enfouit la main dans son sac et plaça quelque chose au creux de la paume de l'animateur, puis lui lança un sourire aguicheur et se dirigea vers la sortie.

Il la fixa une bonne minute, jusqu'à ce qu'elle ait complètement disparu, avant de penser à regarder ce qu'elle lui avait donné. Lorsqu'il le fit, il sentit son sexe durcir. Parce qu'il tenait sa culotte rouge *La Perla*, et était presque certain que son Paradoxe, qui avait à maintes reprises refusé de se balader sans culotte, ne portait rien du tout sous ses habits à l'heure actuelle.

Shelby continuait de s'éloigner du *Fix* même si elle savait qu'elle avait attiré l'attention de Nolan. Après quelques instants, elle entendit sans l'ombre d'un doute ses pas précipités pour la rattraper. Elle jeta un œil par-dessus son épaule et s'arrêta. Lorsqu'il se tint en face d'elle, elle leva un sourcil et demanda :

— Bonne surprise ?

— Très. Mais où vas-tu ?

Elle fit une pause assez longue pour l'observer de haut en bas, laissant son regard s'attarder sur le renflement qui déformait son pantalon au niveau de son entrejambe.

— Je pensais que nous pourrions aller chez toi. Nous pouvons nous y rendre à pied, non ?

Ses lèvres frémirent, puis il lui offrit un franc sourire.

— En effet. Et nous pouvons prendre un raccourci.

Le pouls de Shelby s'accéléra à l'idée de se retrouver nue plus tôt que prévu.

— Je suis partante, acquiesça-t-elle. Je te suis.

Il passa à côté d'elle, lui prit la main et la guida vers une ruelle qui passait derrière l'immeuble de la Bank of America.

— De quelle manière est-ce plus rapide ? demanda-t-elle une fois qu'ils se furent engouffrés dedans et eurent parcouru quelques mètres.

Il rit.

— Je n'ai pas dit pour quoi ce serait un raccourci, susurra-t-il.

Il la plaqua si soudainement contre le mur de brique de la ruelle que son cœur s'accéléra. L'irrégularité de ce dernier, les bennes à ordures éparses et plusieurs conteneurs métalliques les dissimulaient désormais aux regards des piétons de la 5e Rue et de la 6e Rue.

— Qu'est-ce que tu fais ? couina-t-elle alors qu'il remontait sa jupe en exposant sa peau nue sous la lumière tamisée.

— Ce que je veux faire depuis que j'essaie de te faire retirer cette culotte de sous ta robe, grogna-t-il en la soulevant de manière si inattendue qu'elle laissa échapper un hoquet de surprise.

Il lui ordonna d'enrouler ses jambes autour de ses épaules et elle obéit, à la fois excitée par la situation et terrifiée à l'idée de tomber. Il l'aida à se positionner et elle réalisa seulement à quel point ses bras étaient musclés.

— Arque le dos, lui conseilla-t-il.

Puis, lorsqu'il recouvrit son clitoris de sa bouche et commença à le sucer, elle fit ce qu'il lui demandait. Alors que Nolan exerçait son talent sur son sexe, elle ouvrit les yeux pour regarder le ciel et le laissa la maintenir fermement pendant qu'il l'envoyait littéralement au septième ciel.

DIX-SEPT

— Je suis sérieuse, assura Hannah tout en versant du Pinot Punch dans tous les verres sur la table. Des brosses à dents électriques. Je veux dire, qui y aurait pensé, hein ?

Elle leva les yeux au ciel, puis poursuit :

— Je manque peut-être d'imagination parce qu'apparemment utiliser une brosse à dents électrique en tant que vibromasseur est le must du moment. J'ai lu ça dans un article en ligne.

Shelby serra ses jambes l'une contre l'autre. Elle n'avait pas utilisé de vibromasseur la nuit dernière, mais quitter sa culotte avait définitivement rendu la soirée exceptionnelle. Elle songeait de nouveau à la sensation des mains de Nolan sur elle, sans mentionner celle de ses lèvres douces sur sa peau, quand elle croisa le regard de ce dernier qui se tenait de l'autre côté du bar. L'air crépita soudain entre eux et elle sut à son expression que son esprit avait voyagé dans le temps avec elle.

Oui, pensa-t-elle tout en frottant ses cuisses l'une contre l'autre. *Nous sommes définitivement sur la même longueur d'onde.*

— Cela devient bruyant par ici, commenta Reece en souriant quand lui et Nolan vinrent se joindre à elles.

Il plaça tendrement une main sur l'épaule de Jenna et elle posa la sienne par-dessus.

— Vous parlez de quoi ?

— Hygiène dentaire, répondit Jenna et elle, Brooke, Hannah et Shelby s'esclaffèrent de nouveau.

— C'est ce que font les brosses à dents électriques qui vous intéressent, non ? demanda Nolan.

Shelby leva les yeux vers lui, intriguée, alors qu'Hannah de l'autre côté de la table murmurait :

— Eh bien, eh bien...

Nolan leva les mains d'un air innocent et assura :

— Du contenu pour mon émission, les gens. C'est seulement du contenu pour mon émission.

Il fit un clin d'œil à Shelby.

— Sauf si tu veux que ce soit plus que ça, ajouta-t-il à son intention.

Les joues de la jeune comptable s'échauffèrent si rapidement qu'elle n'eut d'autre choix que de lui donner un coup de pied sous la table, ce qui eut seulement pour effet de le faire rire.

— Nolan va concourir pour être Mister Avril, annonça-t-elle en supposant que le châtiment serait suffisant.

Il soupira, mais ne protesta pas et elle ne put s'empêcher de brandir victorieusement le poing mentalement.

— Ce n'est pas mon idée, précisa-t-il en lui souriant. J'ai perdu un pari, mais ça valait le coup.

— C'est parfait, opina Reece. Ça fera une bonne publicité pour le bar et pour ton émission. Et puis, je suis certain que tu ne perdras pas.

Nolan riva son regard brûlant à celui de Shelby.

— Non, sourit-il, tu as raison. Je me sens vraiment comme un vainqueur ces derniers temps.

———

— Salut, maman, déclara Shelby après avoir appuyé sur le bouton pour accepter l'appel par le biais du kit mains libres de sa voiture. Quoi de neuf ?

Shelby savait que sa voix paraissait rauque, mais la semaine qui venait de s'écouler avait été intense autant dans sa vie professionnelle que privée, et maintenant, elle était sur le point d'être en retard pour son enregistrement avec les Jeunes Professionnels.

Peut-être aurait-il été plus intelligent de laisser sa mère atterrir directement sur sa messagerie. La dernière fois qu'elles avaient eu une conversation toutes les deux, celle-ci n'avait pas été très heureuse d'apprendre qu'elle sortait avec Nolan. Et aujourd'hui, plus que les jours précédents, elle n'avait pas besoin d'entendre de nouveaux reproches.

— Je suis en route pour le truc avec les Jeunes Professionnels dont je t'ai parlé la semaine dernière, ajouta la jeune comptable en espérant que sa mère comprendrait que ce n'était pas le moment de la perturber.

— Tu seras géniale, chérie. En fait, je t'appelais seulement pour te dire que j'ai écouté l'émission de Nolan ce matin.

Les mains de Shelby se crispèrent sur le volant. Elle retint son souffle en attendant que sa mère poursuive, mais le silence flotta si longtemps dans l'habitacle de son véhicule qu'elle eut peur que la ligne ait été coupée.

— Maman ? Tu es là ? Qu'en as-tu pensé ?

Elle eut envie de se frapper la tête contre le tableau de bord. En prenant en considération la routine radiophonique de Nolan, ce n'était pas vraiment une question qu'elle voulait poser à sa mère. D'ailleurs, elle aurait préféré ne jamais le faire, et encore moins aujourd'hui.

— Alors, honnêtement, j'aurais aimé savoir à quel point elle était, hmm, osée. Si j'avais su, je ne l'aurais pas écoutée avec ton père dans la voiture.

— Je n'ai pas écouté ce matin, admit-elle tandis que son estomac se serrait d'appréhension.

Ses parents n'avaient tout de même pas écouté Nolan la seule fois où il était encore plus excessif qu'à son habitude, n'est-ce pas ?

— Je me préparais pour un rendez-vous avec un client et pour cet entretien. Qu'a-t-il dit ?

— Oh, c'était drôle, répondit sa mère tout en manquant affreusement de conviction. C'était seulement... cru. Cela parlait de brosses à dents, de rasoirs électriques et...

— Oh, mon Dieu.

Shelby allait tuer Hannah pour avoir mis ce sujet sur le tapis. *Mais qu'est-ce qui lui avait pris de parler de ça ?*

— Eh bien, je dois avouer que ça a aussi été ma réaction.

Shelby grimaça. Elle n'avait pas voulu le dire à haute voix.

— C'est sa marque de fabrique, maman. Il fait une émission matinale grivoise. Cela fait monter l'audimat et rend la route plus amusante.

— Hmm.

Shelby se tortilla sur son siège. L'anxiété rendait ses aisselles moites de sueur et celle-ci ne concernait pas son interview à venir.

— Écoute, je dois y aller. J'ai cet entretien, et...

— Je sais. Je m'inquiète seulement. Alan était si dévasté quand tu l'as laissé tomber et maintenant, j'ai l'impression que tu es en train de dérailler. Je veux dire, toutes ces histoires que raconte Nolan à propos de lui et de cette femme qu'il nomme Paradoxe... c'est seulement lui qui invente des histoires grivoises pour son public, je suppose. Il ne parle pas de vous deux, hein, Shelby ?

— Maman, je ne sais même pas de quelles histoires tu parles.

Ce n'était *vraiment* pas une réponse, mais peut-être que sa mère avec son QI de génie, ses nombreux diplômes et son implication au sein de la MENSA, une organisation qui permet l'épanouissement des personnes à haut potentiel intellectuel, ne remarquerait pas qu'elle tentait simplement d'esquiver sa question.

— Écoute, je suis presque arrivée à la bibliothèque et je voudrais écouter de la musique de méditation avant l'entretien pour m'éclaircir les idées, comme tu me l'as montré, tu te souviens ?

— Oui. Bien sûr. Bonne chance. Tu vas être géniale.

Elle s'attendait à moitié à ce que sa mère insiste pour qu'elles terminent leur conversation à propos de Nolan, mais Shelby était maligne et savait parfaitement comment faire en sorte de reporter le sujet à plus tard. Sa mère ne la perturberait jamais avant un événement professionnel, pas intentionnellement en tout cas.

Elle espérait que sa mère avait raison et que son entretien se passerait bien. Toutefois, quand elle entra dans l'aire de stationnement devant la bibliothèque et qu'elle se précipita vers la salle communautaire que l'organisation avait réservée, elle avait le sentiment que sa journée était maudite.

La salle était organisée comme une salle de classe avec deux chaises vides pour les orateurs à l'avant et, en face, plusieurs rangées étaient déjà occupées par le public. La caméra se trouvait sur un trépied au milieu de l'allée et était uniquement tournée en direction des deux chaises sur lesquelles Shelby et son hôte prendraient place.

Une petite femme avec un large sourire et aux cheveux noirs et frisés vint à sa rencontre.

— Bonjour ! Je suis Mélanie. Nous nous sommes parlé au téléphone.

— Je suis très heureuse de faire votre connaissance, répondit aimablement Shelby en lui offrant également un sourire.

— Est-ce que vous voulez de l'eau ? Nous aimerions

commencer à l'heure. La bibliothèque a un autre événement de prévu après notre intervention et ils veulent que nous soyons partis à moins le quart.

— Ça me va.

La femme commença alors à lui expliquer la manière dont la session allait se dérouler : introduction, discussion, question et réponses, puis conclusion.

— Facile, non ? s'enthousiasma Mélanie.

Shelby hocha la tête et tenta d'ignorer les mauvais présages qui s'étaient accumulés dans son esprit lorsqu'elle était encore dans sa voiture. Après tout, pourquoi cette intervention face caméra ne pourrait-elle pas être aussi facile que les apparences le laissaient croire ? Quelques minutes plus tard, elles s'installèrent devant l'objectif et Mélanie se lança :

— Bon après-midi et bienvenue pour la Conversation des Jeunes Professionnels. Je suis Mélanie Hancock. Pour ceux qui découvrent notre chaîne, nous offrons des ressources en ligne pour aider les jeunes professionnels à se former et à se constituer un réseau, comme notre nom le suggère. Nos conversations sont diffusées en direct, mais vous pouvez aussi trouver nos vidéos sur notre site web.

Elle afficha un large sourire avant de continuer.

— Aujourd'hui, nous avons le plaisir d'accueillir Shelby Drake, une comptable publique certifiée et gestionnaire de portefeuille chez Brandywine Finance & Consulting, ici à Austin. Shelby, merci d'avoir répondu à notre invitation.

— Tout le plaisir est pour moi.

— Vous avez obtenu votre diplôme de comptable assez jeune. Pouvez-vous nous en parler ?

Dès que la question fut formulée, Shelby comprit que ses inquiétudes n'étaient pas fondées. Elle pourrait parler de son travail de comptable jusqu'à la fin des temps.

Mélanie poursuivit :

— Beaucoup de nos auditeurs sont des étudiants universitaires qui n'ont pas encore décidé de leur future carrière, alors nous aimons parler avec nos invités de leur activité professionnelle et des aspects de leur vie. J'imagine que d'avoir un emploi avec une forte pression comme celui-là signifie que votre vie sociale doit être limitée.

— Eh bien, la comptabilité est une activité qui a tendance à fonctionner avant tout par vagues, la saison des impôts étant la période la plus intense. Ce qui est souvent vrai même si vous faites du travail qui n'a pas nécessairement de liens avec le remplissage des dossiers de nos clients. Mais à cause de ces hauts et ces bas, il y a des périodes où les soirées et les week-ends sont assez libres.

— Vous n'êtes pas mariée, alors je vais supposer que vous sortez avec quelqu'un. Est-ce que vous sortez avec quelqu'un de la profession ?

— Oh, pas nécessairement.

Shelby n'avait vraiment aucune raison d'être anxieuse, d'autant qu'elle avait été invitée pour parler de son travail. Pourtant, une étrange intuition lui soufflait que la conversation allait prendre un tournant qui ne lui plairait pas forcément.

— Est-ce que vous voyez quelqu'un en particulier en ce moment ?

— Hmm, à vrai dire, je ne suis pas certaine d'être à l'aise avec l'idée de discuter de ma vie privée dans une émission diffusée en direct.

— C'est compréhensible, mais nous serions intéressés de savoir comment une professionnelle comme vous peut gérer une relation client si son partenaire fait un travail ou a une personnalité qui manque d'un certain décorum.

Sa bouche devint sèche.

— Je ne suis pas certaine de comprendre ce que vous insinuez.

— Eh bien, vous et Nolan Wood avez été vus ensemble à plusieurs reprises et j'ai entendu dire que vous l'avez accompagné au gala de charité pour la LSTD. Toute personne ayant vécu plus de cinq minutes à Austin sait que son émission peut être un peu grivoise. Le nom même de son émission, *Wood Matin*, a un double sens.

— Je ne pense pas que mes clients me jugent en fonction de mes amis. Je dirais même que la plupart de mes clients ont un bon sens de l'humour.

— Si M. Wood et vous sortiez ensemble, est-ce que ce serait la même chose ?

— Vous voulez que je parle d'hypothèses ? Je ne pensais pas que c'était ce genre d'émission.

— C'est une émission pour aider les jeunes à naviguer

entre les pièges professionnels. J'espère que vous ne pensez pas que nous dépassons les bornes, mais puisqu'il y a des rumeurs sur vos relations avec Nolan Wood et que vous êtes une professionnelle avec des clients très conservateurs, nous nous demandions comment vous séparez, d'un point de vue professionnel, votre vie au travail de votre vie privée, surtout quand elle est liée à la sienne qui est assez publique.

— Je... commença-t-elle.

Mais elle ne sut que répondre. Pire encore, tout ce qu'elle voulait faire à cet instant précis, c'était s'enfuir.

— Comme pour l'épisode de ce matin, par exemple. Il a fait tout un sketch sur les brosses à dents électriques utilisées en tant que vibromasseurs. Et quand...

Les paroles de Mélanie furent éludées par le souvenir du dégoût de sa mère quand celle-ci lui avait annoncé avoir écouté l'émission de ce matin, sans parler du fait qu'elle se rappelait parfaitement la manière dont la conversation au *Fix* avait été grivoise.

— Je suis désolée, lâcha-t-elle en interrompant Mélanie. Vous essayez peut-être de rediriger cette émission vers un public qui lit les tabloïds et vous m'utilisez à cette fin. Mais je ne peux vraiment pas parler de ce sujet. Nolan et moi sommes amis. C'est tout.

Ce n'était pas vrai, mais cela ne concernait pas Mélanie.

— Et, ajouta-t-elle en se levant, je crois que nous en avons terminé.

Elle se força à marcher calmement hors du champ de la caméra, car elle savait pertinemment qu'elle était encore filmée. Bien que son chemisier soit trempé de sueur à cause de sa nervosité, elle se sentait assez courageuse de s'être défendue toute seule.

Ce sentiment s'évanouit au moment où elle rentra chez elle avec l'intention de changer son chemisier humide avant de retourner au travail. Mais un sentiment de malaise et d'oppression l'envahit. Quelque chose n'allait pas. Cela lui prit une seconde pour se rendre compte que la veste de jogging que Nolan avait laissée le matin même sur le bras du fauteuil avait disparu.

Ce n'était pas exactement un mauvais présage, mais constater l'absence de ce détail augmenta son appréhension.

— Nolan ?

Aucune réponse ne lui parvint. De toute manière, en recevoir une aurait été peu probable. Il se trouvait très certainement encore au studio pour l'émission de demain. Elle se rendit dans sa chambre, soi-disant pour changer de chemisier, mais c'était surtout parce qu'elle espérait qu'il serait assis sur son lit à l'attendre.

Bien entendu, il n'était pas là, mais son cœur se serra lorsqu'elle remarqua que le tiroir dans lequel il avait pris l'habitude de ranger ses affaires était désormais ouvert et vide. Une feuille de papier avait été posée en évidence sur le lit, un message de Nolan griffonné à la hâte.

J'ai écouté l'émission.

J'ai besoin de temps.

N.

DIX-HUIT

Shelby se pencha au-dessus des toilettes et eut un haut-le-cœur. C'était la quinzième fois que son corps essayait en vain d'expulser le mal-être qui l'avait soudain submergée, mais son estomac n'arrivait pas à se calmer. Elle avait chaud, puis froid, et sa peau était moite.

Elle savait qu'elle n'était pas malade. Non, c'était simplement dû la terreur qui l'avait envahie lorsqu'elle avait compris le sens de ses mots.

Elle l'avait perdu.

Comment avait-elle pu être aussi stupide, aussi insensible ?

Comment avait-elle pu dire quelque chose qui pourrait lui faire penser qu'elle ne le voulait pas dans sa vie ? Pourtant, elle l'avait bel et bien fait, et aucun retour en arrière n'était possible.

Mon Dieu, comment avait-elle pu faire ça ?

Elle s'était sentie piégée, enfermée et acculée. Comment pouvait-elle, elle plus que quiconque, vivre sous le feu des projecteurs ? Et pas n'importe quel projecteur, carrément osé celui-là.

Il pouvait certainement comprendre ça. Il la connaissait, après tout. Il devait savoir que sa réaction n'avait rien à voir avec lui. C'était l'idée d'être sur le devant de la scène people d'Austin, là où des personnes comme sa mère la verraient et fronceraient les sourcils tout en agitant un doigt réprobateur dans sa direction, qui l'avait angoissée.

Oui, c'était *ça* qui l'effrayait.

Pas Nolan. Après tout, comment pouvait-elle avoir peur de l'homme qu'elle aimait ?

— Tu devrais vraiment prendre ses appels, mec, conseilla Connor alors qu'ils étaient assis dans la salle de pause de la station de radio K-I-K-X après l'émission du matin. Elle t'appelle tous les jours et toi, tu l'ignores.

— Peut-être que je le devrais, en convint Nolan. Mais peut-être que je le mérite. Elle a certainement raison d'avoir honte de moi.

— C'est ridicule, s'exclama Connor. Enfin, mec, tu fais rire les gens. Tu les fais réfléchir. Et puis, tu fais bien sûr parler les gens, et c'est une bonne chose.

— Je ne sais pas. Peut-être. Seulement, je...

L'interphone sonna et la réceptionniste annonça un appel de la part d'Amanda.

— Je vais le prendre ici, lui indiqua-t-il.

Il se leva, alla vers le téléphone et appuya sur un

bouton tandis que Connor se dirigeait vers la porte tout en lui faisant signe qu'ils se parleraient plus tard.

— Amanda ? Quoi de neuf ?

— C'est moi, répondit Shelby. Je me suis dit que tu prendrais un appel d'Amanda, mais s'il te plaît, ne raccroche pas.

Étonnement, il ne le fit pas. Le téléphone n'avait pas bougé de son oreille d'un millimètre. Aussi blessé et en colère soit-il, la voix de la femme qu'il aimait encore lui coupa le souffle. Elle lui manquait tant...

Toutefois, ce n'était pas suffisant. Pas du tout. Il en attendait davantage d'elle. Il voulait comprendre sa réaction.

— Tu n'as répondu à aucun de mes appels, poursuivit-elle.

— Je ne l'ai pas fait tout simplement parce qu'il n'y avait rien à dire. J'ai déjà été dans une relation avec une femme qui ne me respectait pas. Je ne veux pas recommencer.

— Non, non, ne me mets pas dans le même panier que Lauren. Je te respecte, Nolan. Merde, j'ai besoin de toi. On m'a prise par surprise. J'avais peur.

— De quoi ?

— D'être sous le feu des projecteurs, comme ça. Avec ma mère qui devenait dingue à cause de ton sketch sur les brosses à dents électriques et les gens qui me posaient des questions sur nous et sur ce que tu racontes dans ton émission... Je n'ai pas su gérer. Je ne peux pas improviser sur le sexe comme tu sais si bien le faire. Je ne suis pas à l'aise avec le regard des gens qui scrutent ma vie d'aussi près, encore moins ma vie sexuelle. Ce n'est pas *toi* qui me fais peur, Nolan. Tu ne comprends pas ? Saisis-tu au moins la différence ?

— Chérie, souffla-t-il doucement.

Sa poitrine se serra avant même qu'il prononce les mots. Parce que même si elle ne le réalisait pas encore, elle venait tout juste de lui dire qu'ils ne pouvaient pas avoir d'avenir ensemble. Jamais.

— Je comprends.

— Alors ?

— Tu ne vois pas, Shelby ? C'est la vie que tu aurais avec moi. Nous ne pouvons pas être ensemble et nous cacher derrière un mur de béton. Si tu es avec moi, les murs seront de verre. Je peux te protéger, mais pas complètement. Parce que même si je ne parle pas de notre vie sexuelle, je parlerai toujours de vibromasseurs et d'érections, et ta mère sera mortifiée et tes clients lèveront les sourcils. C'est la seule constante de mon travail et il n'y a aucun moyen de la contourner. Nous savons tous les deux que je ne peux pas démissionner. C'est ce que je suis. C'est qui je suis.

— Je sais.

Il entendit son petit sanglot étouffé et son cœur se brisa. Pourtant, il se força à conclure la conversation.

— Ça ne peut pas fonctionner, Shelby. Tu es celle qui vient de nous dire pourquoi.

———

Pendant des jours, Shelby batailla avec ses pensées pour

tenter d'y voir plus clair. Elle voulait savoir qui elle était et ce qu'elle voulait.

Tout ce dont elle était certaine, c'était qu'elle voulait Nolan. En revanche, ce qu'elle ne parvenait pas à déterminer, c'était ce à quoi elle pouvait renoncer, et, d'ailleurs, comment le convaincre de lui laisser une seconde chance.

La réponse à sa première question survint un mercredi à la fin de sa journée de travail lorsque Frank l'appela dans son bureau pour l'informer qu'une station de radio locale, la K-I-K-X, cherchait une comptable pour un projet sur le long terme.

— C'est justement le genre de client et de projet qui pourrait te mettre en bonne voie pour devenir associée.

C'était en effet le cas. Ce travail scellerait certainement son destin et elle deviendrait associée dans les deux ans qui suivraient.

Cependant, elle le refusa, parce que la seule chose à laquelle elle put songer fut la règle selon laquelle les employés de la firme Brandywine ne pouvaient pas sortir avec les employés de leurs clients. La pensée de ne pas être avec Nolan aussi longtemps était impossible à supporter.

Cela lui ouvrit les yeux sur les choses à quoi elle pouvait renoncer.

Maintenant, elle devait trouver un moyen de le récupérer. Lorsqu'elle réalisa que le concours pour Mister Avril aurait lieu le jour même, dans la soirée, tout devint clair dans son esprit.

Shelby savait exactement quoi faire.

Elle espérait seulement que ça fonctionnerait.

Lorsque Shelby atteignit le bar, le concours battait son plein et elle vit Nolan debout sur la scène, sans sa chemise, alors que le dernier homme marchait vers le micro, bandait les muscles et demandait au public de voter pour lui.

Alors qu'il faisait demi-tour pour rejoindre les autres prétendants alignés, Beverly Martin, une actrice locale qui avait accepté le rôle de maîtresse de cérémonie, se dirigea vers le micro, certainement pour clore le concours en procédant au vote du public.

— Attendez ! s'écria Shelby en se précipitant vers les escaliers qui menaient à la scène.

Beverly fit un pas en arrière, de toute évidence confuse, et Shelby sauta sur la grande plateforme surélevée tout en attrapant le micro.

— C'est bon ! lança une voix dans le fond de la salle.

Elle remercia intérieurement Brooke qui avait reçu son message dans lequel elle la suppliait de demander à Jenna de lui octroyer ce moment sous les projecteurs.

Cependant, maintenant qu'elle était là, face à des centaines de visages, elle se sentit mourir de honte.

Elle déglutit et se retourna, ressentant soudain le besoin irrépressible de voir la réaction de Nolan. Ses yeux étaient écarquillés de stupéfaction, mais il se tenait légèrement penché en avant, comme s'il était prêt à sauter à son secours.

Cela lui donna le courage nécessaire pour poursuivre.

— Hmm, bonsoir à tous. Alors, bon, je me rends compte que c'est un peu excessif, mais je voudrais vous montrer pourquoi vous devriez voter pour Nolan Wood.

Derrière elle, tous les hommes commencèrent à grommeler d'impatience, et quelqu'un dans le public hurla :

— Tout pour l'audimat, Wood ! Superbe coup de pub !

— Non, ce n'est pas un coup de pub. Je veux dire, peut-être bien que ça y ressemble. Mais ce n'est pas sa pub. C'est la mienne. Et ce n'est pas pour sa cote d'écoute que je fais ça.

Elle jeta un œil par-dessus son épaule afin de croiser le regard de l'animateur qui avait conquis son cœur, puis se mordit la lèvre avant de continuer :

— J'ai un bien meilleur prix en tête. Vous êtes très certainement en train de vous demander pour quelles raisons vous devriez voter pour lui. Eh bien, ses abdos sont fabuleux et il embrasse divinement bien.

— Merde, Shelby, murmura Nolan.

Elle ne put s'empêcher de rire nerveusement, mais ne se tut pas pour autant.

— Mais tous ces mecs ont l'air géniaux. Alors je dois vraiment vous donner de bons arguments. Le fait est que Nolan a une façon géniale de regarder la vie. Il embrasse la passion et la bêtise. Et il voit le sexe... Oh, mon Dieu, me voilà à parler de sexe devant vous tous ! Bref, il le voit sous toutes ses formes. Un accord, une promesse, une escapade. Il peut être amusant, fou, respectueux.

Elle inspira une fraction de seconde avant de reprendre la parole. Elle savait que si elle s'arrêtait, on pourrait la forcer à descendre de la scène.

— C'est un homme qui sert la communauté de tellement de manières différentes, et qui croque la vie à pleines dents. Un homme qui s'est réellement construit en partant de pas grand-chose, bien dans sa peau et qui est à l'aise dans n'importe quelle situation, devant tout le monde. C'est quelque chose que j'admire. Mais le problème, c'est que, pour ma part, je ne suis pas comme ça. Je n'ai pas cette ouverture d'esprit. Ça m'effraie et à cause de ça, j'ai tout foutu en l'air. C'est ma faute, pas la sienne, parce que Nolan est l'homme le plus incroyable que je connaisse, et je ne dis pas seulement ça pour que votiez pour lui. Par contre, les filles, bas les pattes, il est à moi. Quand il parle de son Paradoxe à la radio, seulement pour que vous le sachiez, c'est moi, et j'ai aimé chaque minute que j'ai passée avec lui.

Elle essuya une larme qui avait échappé à sa vigilance.

— J'aimerais en avoir plus, mais j'ai peur de l'avoir perdu. J'espère vraiment que ce n'est pas le cas, parce que je suis follement amoureuse de lui.

Elle resta quelques secondes immobile sur le devant de la scène après la fin de son discours. La salle était devenue complètement silencieuse. Même si toute sa témérité l'avait désormais quittée, elle réussit tout de même à faire un petit sourire et conclut :

— Ah hmm... je devrais y aller.

Puis elle commença à repartir vers les escaliers.

Elle n'y parvint pas, car quelqu'un venait de lui agripper le bras. Quand elle regarda derrière elle, son cœur rata quelques battements. C'était Nolan.

Elle eut seulement le temps de hoqueter de surprise avant qu'il l'attire brusquement à lui en faisant ployer son corps en arrière dans une pose digne des plus grands films romantiques d'Hollywood. Il l'embrassa, longue-ment, langoureusement et merveilleusement. Quand il la remit sur ses pieds, son corps entier tremblait.

— Je t'aime, chuchota-t-il.

Elle explosa alors en sanglots.

— Je l'ai dit la première, réussit-elle à prononcer en reniflant.

— Oui.

Il retira les mèches de cheveux qui étaient tombées devant son visage.

— Sortons d'ici, proposa-t-il.

— Mais ils n'ont pas encore annoncé le vainqueur.

Il observa le public, puis ses concurrents. Enfin, ses yeux se rivèrent à ceux de Shelby.

— Crois-moi, susurra-t-il, je viens de gagner la seule chose que je voulais vraiment.

ÉPILOGUE

Tyree Johnson s'adossa au comptoir en chêne et suivit du regard Nolan et Shelby qui se dirigeaient vers la porte. Il se demandait s'il devait les retenir puisque dans trois minutes, Beverly annoncerait que Nolan avait gagné le titre de Mister Avril.

Il décida que ce n'était pas la peine. Beaucoup de fêtes s'étaient déroulées sans que l'animateur soit dans les alentours et d'après l'expression qu'il lut sur son visage, il sut que de toute manière il n'aurait pas pu le convaincre de rester à l'intérieur du bar.

Il était temps, songea Tyree. Peu de choses échappaient à son attention au *Fix* et ils les avaient observés flirter en avril dernier. Il savait qu'à un moment ou un autre, ils finiraient ensemble. Il ne s'était tout simplement pas attendu à ce qu'ils aient besoin de plusieurs mois pour s'en rendre compte eux-mêmes.

Avec un soupir, il commença à faire le tour de la salle pour serrer des mains et parler avec les clients. Cela serait vraiment dommage s'il ne parvenait pas garder *Le Fix* ouvert, car selon toute vraisemblance, le bar était devenu un vrai paradis pour les rencontres amoureuses.

Il s'immobilisa quand il entendit Brent l'appeler et se retourna vers son ami et partenaire qui lui faisait signe en lui indiquant qu'il devait redémarrer les caméras. Il lui répondit par un pouce en l'air et était sur le point d'aller dans son bureau pour s'en occuper quand il aperçut une jeune femme à l'allure familière.

Elle était grande, probablement un mètre soixante-dix, et avait la peau aussi sombre que celle de Tyree ainsi qu'un grand sourire séducteur qui lui rappelait Éva. Il l'avait déjà vue au moins une fois au bar, peut-être deux ou trois jours auparavant, et c'était cette ressemblance qui avait attiré son regard. Ce sourire, il l'avait remarqué alors qu'il se tenait à l'autre bout de la salle et avait senti ses entrailles se tordre douloureusement.

Ce soir, il était mieux préparé. Il observa donc son visage de plus près et réalisa que ce n'était pas seulement son sourire qui lui rappelait son premier amour, mais aussi ses grands yeux et ses pommettes bien dessinées.

Mon Dieu, ce qu'il était masochiste ! Il aurait dû se détourner dès qu'il l'avait vue entrer. Il n'avait aucune idée de son identité, mais une vague de souvenirs doux-amers avait passé la porte avec elle et lui avait serré le cœur en lui faisant subir la même souffrance que celle qu'il avait ressentie il y a des années, lorsqu'il avait perdu la seule femme qu'il ait jamais aimée.

Une fois dans son bureau, il redémarra les caméras, puis s'assit derrière son secrétaire. Il savait qu'il devrait soit être dans la salle pour aider ses employés, soit s'occuper de la tonne de papiers qui allait de pair avec la gestion d'un bar. Pourtant, à la place, il tendit la main et ouvrit le dernier tiroir de son secrétaire, puis en sortit une boîte de cigares cabossée.

Il l'ouvrit, attrapa avec douceur la pile de photographies qu'elle renfermait et les feuilleta respectueusement. Sur la première, il souriait en compagnie de Teiko, sa défunte épouse. Sur la seconde figurait son fils Elijah à sa naissance. La photo suivante le montrait lui, à l'âge de neuf ans et se tenant le dos droit, tandis qu'il essayait de contenir ses larmes aux funérailles de sa mère.

Tyree prit une inspiration tremblante, puis passa son pouce sous ses yeux avant de continuer à remonter le fil de ses souvenirs. Il tomba sur une photo de lui et Charlie Walker, le père de Reece, puis ses yeux se posèrent sur une autre de lui avec l'oncle de Reece, Vincent, juste avant que celui-ci soit mortellement blessé sous le feu ennemi en Afghanistan et ne meure dans ses bras.

Tyree soupira et parcourut des yeux plusieurs autres photos jusqu'à trouver enfin celle qu'il cherchait. Celle-ci était âgée de plus de vingt ans et les couleurs s'étaient quelque peu effacées, rendant la robe d'Éva plus rose que rouge et le ciel plus gris que bleu. En revanche, l'amour qu'il lisait autrefois dans ses yeux avait été immortalisé par le cliché.

Sa poitrine se serra et il se rappela leur week-end ensemble à San Diego avant qu'il soit envoyé loin d'elle. À ce moment-là, ils se connaissaient depuis seulement deux semaines, mais il était déjà tombé éperdument amoureux d'elle.

Il avait pensé qu'elle attendrait son retour, mais quand il était rentré, elle était partie. Il l'avait cherchée, en vain. Ensuite, il avait rencontré Teiko. Il était tombé encore plus amoureux et la vie avait poursuivi son cours. Ensemble, il vivait une vie merveilleuse et parfaite.

Ou, du moins, jusqu'à ce que la tragédie les frappe.

Sa femme lui manquait tant aujourd'hui.

Il remit les photos dans sa boîte à cigares. Il n'aurait jamais dû rouvrir ces vieilles blessures. Désormais, son cœur saignait de nouveau. Éva. Teiko. Les deux femmes qu'il avait aimées.

Les deux femmes qu'il avait perdues.

Un coup fort contre sa porte le sortit de ses pensées et quand il leva les yeux, il eut l'impression de voir un fantôme.

Il cligna plusieurs fois des yeux.

Non, pas un fantôme. Ce n'était pas Éva. Bien sûr que ce n'était pas elle. Mais de nouveau, il fut frappé de stupeur par la ressemblance.

— M. Johnson ? demanda une voix lyrique et pourtant forte tout en étant douloureusement familière. Ils m'ont dit que je pouvais venir vous voir à votre bureau. Je... Vous êtes Tyree Johnson, n'est-ce pas ?

— Oui, c'est moi. Que puis-je faire pour vous ?

Elle prit une grande inspiration, comme si les mots de son interlocuteur étaient un soulagement.

— Vous avez vécu à San Diego ?

Un frisson le parcourut et il pensa à sa grand-mère,

qui disait toujours que les fantômes ne restaient jamais bien longtemps au fond de leur tombe.

— En effet, mais c'était il y a longtemps. Alors que puis-je faire pour vous, Mademoiselle...

— Anderson, compléta-t-elle. Elena Anderson.

Elena. Tyree fronça les sourcils. C'était le prénom de sa mère. Lorsque la jeune femme en face de lui sourit nerveusement, cette fois, il ne vit pas Éva, mais sa mère.

— Qui êtes-vous ? demanda-t-il la bouche sèche, même s'il pensait déjà connaître la réponse.

— Ma mère était Éva Anderson. Je pense que vous êtes mon père.

Envie d'en découvrir plus ? Voici un extrait du prochain tome de la série *L'Homme du mois*...

État d'âme

Mister Mai

ÉTAT D'ÂME: MISTER MAI

UN EXTRAIT

Chapitre Premier

Tyree Johnson frappa le moniteur de son ordinateur bas de gamme et lança un regard noir aux lignes ondulées qui dansaient sur l'écran. Il se leva pour que son large corps surplombe la machine qui refusait de coopérer. Puis, il plissa les yeux et pointa un doigt sévère vers elle en songeant qu'elle finirait bientôt dans une décharge.

— Dernier avertissement. Tu penses vraiment que je ne peux pas avoir un ordinateur tout neuf ici dans l'heure ? Regarde-moi bien faire.

Il entendit un ricanement et leva les yeux. Deux femmes se tenaient dans l'embrasure de la porte de son petit bureau encombré situé dans l'arrière-boutique de son bar, *Le Fix*.

— Vous riez, mais j'étais un Marine. Je sais comment gérer les fainéants. Il y a toujours de la vie dans ce tas de ferraille. Il est seulement obstiné.

— Tu es sûr que ce n'est pas parce que tu ne veux pas dépenser ? demanda Jenna Montgomery, ses yeux verts brillant de malice.

Ses cheveux roux lui arrivaient à la hauteur des épaules et avaient été rassemblés en une queue de cheval. Cette coiffure semblait rendre encore plus proéminentes les taches de rousseur qui parsemaient sa peau pâle.

En la voyant, Tyree se souvint que *Le Fix* n'était plus seulement à lui maintenant et qu'il avait désormais trois partenaires. C'était une bonne chose. Il y a quelques mois, sa tension artérielle avait drastiquement augmenté, mais il ne pouvait s'empêcher de s'inquiéter pour son bar bien-aimé. Et lorsqu'il avait reçu une facture importante qu'il n'avait alors pas les moyens d'honorer, son cœur avait bien failli le lâcher.

Puis, Jenna Montgomery, Reece Walker et Brent Sinclair s'étaient présentés devant lui, non seulement pour l'aider à payer la note, mais pour travailler à ses côtés dans le but de s'assurer que *Le Fix* reviendrait de manière définitive dans le vert et sur le devant de la scène avant la fin de l'année. C'était en fait la condition que Tyree avait imposée quand il avait accepté de s'associer avec ces trois nouveaux partenaires. Si *Le Fix* ne générait pas suffisamment de profits avant la fin de l'année, il le mettrait en vente et ils se partageraient la somme récoltée. Mais il était hors de question que Tyree jette de l'argent si durement gagné par les fenêtres après un mauvais investissement.

Il espérait de tout son cœur qu'ils n'en arriveraient

pas là. Il aimait beaucoup trop cet endroit, avec ses murs épais en calcaire et son comptoir en chêne étincelant.

Il avait acheté cette propriété au coin de la 6e Rue à Austin six ans auparavant après être parvenu à sortir de la dépression et mettre de côté sa douleur. *Le Fix* n'était pas seulement son lieu de travail et son gagne-pain. C'était aussi sa vie, sa résurrection. Un endroit qu'il s'était approprié au prix de nombreux efforts. Il aimait l'entreprise qu'il avait bâtie, ce rêve qui l'avait fait revivre après la tragédie qui l'avait mis à genoux.

Mais ce rêve n'avait pas uniquement été le sien, puisqu'il l'avait partagé avec sa femme, qui reposait désormais en paix. Quelle ironie après des années d'économies ! Il avait seulement pu s'offrir cet endroit après le décès de Teiko... et grâce aux indemnisations qu'il avait reçues de son assurance-vie.

Il avait troqué un amour pour un autre, mais il ne se passait pas un seul jour sans qu'il ne songe qu'il brûlerait cet établissement avec enthousiasme si cela lui permettait de passer un jour supplémentaire avec la femme dont la mort avait créé un trou dans son cœur.

Cependant, il était conscient que cela lui était impossible. Alors il avait opté pour la seconde meilleure solution : travailler d'arrache-pied pour améliorer *Le Fix*, attirer davantage de clients que le jour précédent et vendre toujours plus de plats et de verres. Il avait juré fidélité à cet endroit qui représentait pour lui l'un de leurs plus grands rêves et était ainsi prêt à tous les sacrifices pour garder les portes de son bar ouvertes.

Et si cela signifiait se battre contre un vieil ordinateur, alors c'était ce qu'il allait faire.

Il offrit un grand sourire à Jenna, puis jeta un œil à son ordinateur sur lequel venait de s'afficher la feuille de calcul qu'il vérifiait avant que ses deux visiteuses n'arrivent. L'écran apparaissait désormais lumineux et innocent, comme si aucun problème n'était jamais survenu.

— Tu crois ? Allons, tu vois bien que tout va bien.

Jenna échangea un regard amusé avec Megan Clark avant que toutes les deux ne pénètrent dans le bureau.

Cette dernière passa une longue mèche de cheveux noirs derrière l'une de ses oreilles, puis remonta ses lunettes en forme d'œil de chat sur son nez. Ces deux gestes ressemblaient étrangement à des tics nerveux, ce qui ne semblait pas faire partie du caractère de cette femme qu'il avait récemment embauchée en tant que barman le vendredi, coursière, bonne à tout faire et assistante. Pour faire simple, elle était une employée assez polyvalente. En revanche, avant qu'il ne puisse lui demander le motif de leur présence, Megan haussa les épaules et expliqua succinctement :

— Allergie d'Austin. Je ne porte pas de lunettes habituellement, mais mes lentilles me rendent folle.

Il hocha la tête en comprenant qu'elle avait mal interprété son regard interrogateur. Avant qu'il ne puisse préciser ses pensées, Jenna intervint :

— Merci de nous recevoir, déclara-t-elle en se laissant tomber sur l'une des chaises destinées aux personnes qu'ils recevaient occasionnellement dans son bureau pendant que Megan restait quant à elle debout et s'appuyait contre le mur en calcaire. Je sais que les réunions avant l'ouverture du bar sont plus pratiques, mais j'avais un rendez-vous chez le médecin ce matin.

— Tout va bien ? s'enquit-il.

Il s'obligea à ne pas froncer les sourcils d'inquiétude et s'installa derrière son secrétaire. Il avait remarqué que ses joues s'étaient un peu creusées et qu'elle avait perdu quelques kilos. Même si sa peau lui apparaissait désormais presque rose, elle semblait être en assez bonne santé dans l'ensemble. Cependant, Jenna était déjà très maigre et si jamais elle perdait trop de poids...

— Pardon ? Oh ! Bien sûr, répondit-elle tandis qu'une légère rougeur s'étendait sur ses joues. Je suis seulement un peu nauséeuse, mais je suis certaine que ça va passer.

— Hmm, fit-il, l'air pensif.

Il l'examina attentivement, l'esprit en ébullition.

— Évite de contaminer Reece, reprit-il.

À la mention de Reece Walker, elle s'empourpra davantage. Reece et Jenna s'étaient fiancés récemment. Et maintenant qu'il y songeait, Tyree se rappela que les nausées avaient mis Teiko sur les rotules quand elle était enceinte de leur fils. Il ne put alors s'empêcher de se demander si l'avenir de Reece et Jenna ne se résumait qu'aux cloches du mariage. Peut-être leur couple s'agrandirait-il bientôt en accueillant près de trois ou quatre kilos d'amour supplémentaire.

Jenna s'éclaircit la gorge et sortit un calepin de son sac.

— Nous avons une longue liste de choses à voir ensemble, mais puisque nous sommes venues sur les horaires de travail, Megan et moi avons pensé que nous devrions seulement nous concentrer sur les sujets principaux aujourd'hui.

Elle fit un geste en direction de Megan qui hocha la tête, puis la secoua.

— Je suis désolée. Je sais que nous devons parler du concours de *L'Homme du mois* et du livre de cuisine, mais j'ai quelque chose à dire d'abord.

Elle lança un regard d'excuse à Jenna qui se contenta de lever les yeux au ciel.

— Jenna m'a dit que ce n'était pas nécessaire, mais je voulais de nouveau te faire savoir combien je te suis reconnaissante de m'avoir donné ce poste. Ce n'est pas comme si tu avais vraiment besoin d'une maquilleuse dans un bar, mais ça m'aide beaucoup. J'ai eu très peu de boulots correspondant à mes compétences depuis que j'ai déménagé à Austin, mais je sais que c'est de ma faute puisque je suis venue sur un coup de tête. Avant que je ne te rencontre, l'argent commençait à se faire rare pour moi.

— Megan, allez, l'arrêta Jenna. Tu sais, tu n'as pas à le remercier.

L'attention de Megan resta tournée vers Tyree.

— Je sais que tu travaillais sur les comptes à l'instant, et je sais également que *Le Fix* fait tout ce qu'il peut pour augmenter ses revenus. Je ne souhaite pas représenter une perte d'argent pour toi. Je ne me sentirais pas bien d'avoir accepté ce travail si cela devenait un problème pour toi en fin de compte.

Tyree hocha lentement la tête.

— Je comprends. Tu nous as rejoints officiellement depuis combien de temps ? Quatre jours ?

Quand elle confirma, il poursuivit :

— Pendant ce laps de temps, tu as joué le rôle d'hôtesse, tu as aidé derrière le bar, travaillé avec Jenna sur les problèmes de son calendrier dont je vais bientôt entendre parler, tu t'es rendue au magasin Costco pour chercher des fournitures, tu as donné un coup de main dans les cuisines et tu as passé près d'une heure au téléphone avec un technicien-chauffagiste. Sans toi, nous aurions peut-être été obligés de fermer. Imagine si nous n'avions pas d'air conditionné pendant l'été à Austin ? Tu as pensé à toutes ces personnes en sueur qui cherchent la chaleur dans les bars à cette période de l'année ? Personne ne viendrait dans le nôtre.

— C'est vrai, concéda Megan. C'est seulement que je...

— N'as-tu pas également fait le maquillage de Brooke avant qu'elle aille devant les caméras ?

Il faisait référence à l'une des deux stars de *Réno Boutique*, l'émission de télé-réalité qui faisait une rénovation complète de l'intérieur du bar et dont les caméras étaient en permanence allumées dans l'enceinte du *Fix*.

— Oui, admit-elle alors que Jenna croisait les bras sur sa poitrine d'un air suffisant.

— Je dirais que tu fais ta part, Megan, continua

Tyree. Et je suis heureux d'avoir pu t'offrir du travail supplémentaire quand tu en cherchais.

Il pensait ce qu'il disait. Il ne connaissait pas les raisons qui avaient poussé Megan à quitter sa carrière palpitante de maquilleuse à Los Angeles pour déménager à Austin, mais il savait que c'était l'impulsion du moment qui l'avait poussée à changer de vie. Il était aussi conscient qu'un homme, qu'elle voulait certainement éviter, était peut-être à l'origine de sa décision.

Il détestait l'idée que son fils Eli puisse un jour se retrouver dans une ville étrangère sans travail ou sans ami pour l'aider. Cette pensée l'affectait doublement quand il imaginait qu'Eli aurait pu être une fille au lieu d'un homme. Peut-être Tyree était-il vieux jeu, mais c'était ainsi qu'il fonctionnait.

— Tu penses que c'est équitable ? la questionna-t-il, son attention étant encore concentrée sur elle.

— Oui, tout à fait, convint-elle.

Son expression était devenue ferme et sérieuse, mais il remarqua que ses yeux brillaient de reconnaissance et de bonheur derrière ses lunettes.

— Dans ce cas, parlons de ce calendrier. Je te jure, Jenna, je n'ai jamais pensé que mon travail consisterait un jour à regarder des messieurs-muscles sans chemise.

Elle adopta une expression innocente et lui fit un clin d'œil.

— Cela ne faisait pas partie de ton entraînement de Marine.

— Ce n'est pas bien de se moquer, jeune fille, rétorqua-t-il en riant légèrement.

— Eh bien, sache que tu es tiré d'affaire aujourd'hui, parce que nous avons un problème. J'espérais avoir quelques épreuves à te montrer, quelques photos de Reece pour avoir une idée de la lumière et des poses avant de prévoir la séance photo pour Messieurs Janvier à Mars. Cependant, le photographe que nous avions sélectionné vient de nous être volé par un magazine de mode et a tout plaqué pour déménager à Milan.

— C'est bien dommage.

Jenna se renfrogna.

— Il était supposé être bon. Maintenant, il est parti. Alors Megan et moi faisons des entretiens pour trouver un remplaçant et nous croulons sous les porte-folios. Heureusement, je peux facilement faire attendre les mecs et je ne pense pas que reprogrammer soit un problème. Bien sûr, Megan pourra s'occuper du maquillage, nous n'aurons donc pas à nous inquiéter pour ce point. Et d'ici à ce que nous jetions notre dévolu sur quelqu'un d'autre, nous pourrons certainement inclure Messieurs Avril et Mai dans la même séance.

— Nous voulons envoyer les clichés au designer le plus tôt possible pour que le calendrier soit terminé à la fin du mois d'octobre, ajouta Megan. Nous voulons aussi que les photos aient une continuité. Comme les écrivains, les photographes ont une voix. Nous ne voulons pas embaucher une personne qui va nous abandonner au milieu du projet. Nous allons poursuivre les concours jusqu'au début du mois d'octobre, c'est bien ça ?

Megan s'était à la fin tournée vers Jenna qui acquiesça.

— C'est le meilleur moyen de continuer à susciter l'intérêt des personnes qui passeront la porte du bar. Nous cherchons surtout une personne qui pourrait photographier et les hommes et la nourriture. Si nous pouvions utiliser le même photographe pour le livre de cuisine, ça serait top. Tu travailles sur les recettes, non ?

Elle pencha la tête sur le côté et lui lança un regard interrogateur qui lui rappela Mme Thibodeaux, sa professeure de CM1 à La Nouvelle-Orléans.

— J'en ai un paquet dans ce truc bon pour la casse, confirma-t-il en tapotant affectueusement l'ordinateur.

Jenna hocha la tête d'un air satisfait en semblant cocher une case dans sa liste mentale de choses à faire, puis poursuivit :

— Tu es désormais au courant de l'avancement du calendrier. En attendant, Megan et moi pensons que nous devons donner un coup de pied dans le fonds de commerce du concours.

Tyree haussa les sourcils.

— L'investissement ?

— Les pectoraux, les abdos, les torses... Tu vois ce que je veux dire. Les raisons qui font venir les femmes les mercredis toutes les deux semaines.

— Nous aimerions faire venir de nouveaux hommes, expliqua Jenna probablement en réponse à son air confus. Nous entendons par là des personnes très en vue. Nolan est un bon départ, mais nous voulons aller plus loin.

Nolan Wood était un animateur radio qui occupait l'antenne locale de la station K-I-K-X aux heures de pointe matinales. Il participerait au concours et monterait sur la scène dans deux jours en tant que prétendant au titre de Mister Avril

— Tu as une idée d'où nous pourrions trouver ces merveilleux modèles de virilité ?

Les lèvres de Jenna frémirent.

— Je pense que tu devrais participer. Megan est d'accord.

Sa compagne acquiesça. Tyree croisa les bras sur son torse massif, s'enfonça dans sa chaise et secoua la tête.

— J'aurai quarante-six ans dans quelques mois. Je ne suis peut-être pas trop vieux pour soutenir cette merde, mais je le suis pour y participer.

Les deux femmes échangèrent un regard.

— Le point de vue féminin tend à être différent, mais nous pourrons en reparler plus tard. Le problème est que nous devons trouver des hommes influents et sexy qui accepteraient de participer. Megan a quelques idées d'hommes d'affaires qu'elle pourrait approcher. Nous cherchons des types qui portent très bien les costumes. Nous avons aussi pensé qu'un concours de t-shirt mouillé pourrait être drôle.

Tyree leva les yeux au ciel.

— Seigneur, sauvez-moi des femmes ambitieuses.

— Très drôle, commenta Jenna.

— Sérieusement, Jen, sourit-il, c'est ton concept, ton bébé. Tu peux le gérer comme tu le souhaites et je compte te soutenir quoi que tu fasses. Autre chose ?

— Seulement que nous allons continuer de te harceler pour que tu participes au concours. Tu as des pecs impressionnants, boss, et les épaules les plus larges que j'ai vues de toute ma vie. En plus, tu es presque aussi sexy que Reece, le taquina-t-elle.

Elle quitta sa chaise tandis qu'il secouait la tête et gloussait.

— Nous allons finir par t'avoir, promit Megan.

Mais peut-être était-ce plutôt une menace.

— Et un jour, il gèlera en enfer, répliqua-t-il. Ce qui ne veut pas dire que nous serons là pour le voir.

Elle rit et les deux compères sortirent du bureau tandis que Tyree continuait de secouer la tête en souriant.

Puisqu'il avait réussi à effrayer son ordinateur et que celui-ci fonctionnait désormais normalement, il se pencha sur ses comptes. Non seulement la visite de ses deux employées avait réussi à améliorer son humeur, mais il constata également sur son écran une augmentation constante des revenus de son bar, ce qui était une excellente nouvelle.

Il éteignit la machine avant qu'elle fasse à nouveau des siennes, puis se dirigea vers la cuisine pour s'assurer que son équipe ne rencontrait aucun problème et n'avait pas pris de retard sur la préparation des plats qu'ils serviraient pour le déjeuner.

Pendant les quatre premières années d'existence du *Fix*, Tyree s'était occupé lui-même de la cuisine. Après de multiples tentatives, il avait réussi à imaginer et créer un menu qu'il estimait être parfait. À cause de la concurrence grandissante des autres établissements qui s'étaient installés sur la 6e Rue, le cœur touristique et universitaire d'Austin, il avait pris la décision de ne pas être l'un de ces propriétaires fantômes qui se cachaient dans des bureaux. Non, lui souhaitait connaître ses clients, être au plus près d'eux, et avoir une présence au sein de son bar. Cette impression de chez soi qu'éprouvaient les clients dans un petit bar local et chaleureux était une chose qu'une franchise était dans l'incapacité de copier.

Depuis que Jenna s'était jointe à l'équipe en tant que gourou du marketing, elle avait appuyé sa décision. Bien que cela manque à Tyree d'être en cuisine à tenter de reproduire et faire connaître les saveurs du sud qui avaient bercé toute son enfance, il ne pouvait nier le fait qu'il aimait le sentiment d'être au centre de la vie du *Fix*.

— Easton, s'exclama Tyree en donnant une tape dans le dos de l'avocat de leur quartier en faisant un signe de tête vers la bière qui était posée devant lui. Je suppose que tu ne vas pas travailler cet après-midi.

— C'est exact. Je vais retourner au bureau, où mes auxiliaires juridiques vont me faire crouler sous les dossiers, puis je devrai prendre un taxi pour me rendre à l'aéroport. Trois jours de déposition à Lansing. Ça va être dur.

— Au moins, tu n'auras pas à trouver une excuse à servir à Megan pour ne pas participer au concours pour Mister Avril ou Mister Mai.

Les yeux d'Easton s'agrandirent.

— Elle est déchaînée ?

— Méfie-toi, mon ami, répliqua Tyree en riant sous cape.

Puis, il longea le comptoir pour saluer d'autres

clients et en profita pour dire quelques mots à Éric, le barman qui travaillait pendant l'heure du déjeuner. Il se pencha en avant pour lui demander s'il pouvait effectuer des heures supplémentaires quand quelque chose, ou plutôt quelqu'un, attira son regard.

Ce n'était qu'une impression, une sensation de familiarité étrange et déconcertante. Il n'avait même pas regardé en direction de la porte. Non, la femme qui venait d'entrer se trouvait dans sa vision périphérique.

Mais cela n'avait pas d'importance, puisqu'elle l'attirait inexorablement. Il arrêta ce qu'il était en train de faire, puis se tourna vers l'entrée.

Éva ?

Mais non, c'était absurde. Il soupira. Bien sûr que ce n'était pas Éva. Comment aurait-il pu en être autrement ? Elle était de l'autre côté du pays et cela faisait plus de vingt ans qu'il ne l'avait pas revue. Même si c'était bien elle qui venait de pénétrer dans son bar, ils étaient désormais séparés par le temps et l'espace. Par la douleur et la mort. Par la vie, les rêves, la famille et les pertes.

Le long fleuve de sa vie avait suivi son cours et le courant l'avait emporté loin d'Éva depuis longtemps. La distance qui s'était installée entre les deux anciens amants lui avait été bénéfique. Sans cela, il n'aurait jamais rencontré Teiko, la femme qui avait chamboulé son cœur, la mère de son fils.

Pourtant la personne qui se tenait près de la porte avait retenu son attention.

Ce n'était pas une copie conforme d'Éva ; beaucoup

d'aspects physiques les différenciaient. Mais qu'il soit damné s'il n'y avait pas une similitude frappante. Elles avaient toutes deux la même teinte de peau sombre comme le café avec seulement quelques gouttes de crème. Sa bouche lançait de grands sourires francs à chaque personne qu'elle croisait. Ses cheveux étaient coupés court et des boucles avaient astucieusement et délibérément été placées sur son front et devant ses oreilles. Son style élégant et sophistiqué mettait en valeur ses grands yeux et ses hautes pommettes.

Poussé par la curiosité et l'anxiété, Tyree fit un pas en avant, mais Tiffany Russell, l'une de ses meilleures serveuses, lui barra le chemin avec un regard à la fois fatigué et incertain.

— Tiffany ? Qu'est-ce qui se passe ?

— J'ai besoin... commença-t-elle en un murmure. Oh, puis merde. Est-ce que je peux te parler ? Peut-être dans l'arrière-boutique ?

Le Fix comportait deux salles. La première, à l'avant, était vaste et proposait de nombreuses places assises en plus d'une scène qui accueillait régulièrement des groupes locaux. La seconde était plus petite avec seulement quelques tables et octroyait une ambiance plus intime. Puisqu'elle était clairement agitée, il décida de la suivre à l'arrière de l'établissement. Son inquiétude augmenta au fur et à mesure de ses pas.

— Qu'est-ce qui se passe ? questionna-t-il dès qu'ils atteignirent la fenêtre au fond du bar.

Ils étaient désormais hors d'atteinte des oreilles des clients, la plupart d'entre eux étant assis sur des tabourets devant le comptoir au bois poli et bavardant avec Lori, l'un des barmans qui travaillaient le matin au *Fix*.

— Je pensais que tu devrais savoir que Steven Kane... Tu le connais, non ? Le manager du Bodacious ?

Tyree hocha la tête et elle continua :

— Il m'a prise à part au Starbucks l'autre jour et nous avons commencé à discuter. Il m'a demandé comment se passait le travail ici, si j'étais assez bien payée et combien on faisait payer l'entrée les soirs du concours de *L'Homme du mois*.

Tyree ne répondit rien, trop occupé à fulminer intérieurement. Il n'était pas en colère parce que le Bodacious, l'un des bars franchisés qui s'étaient installés en ville et proposaient des verres d'alcool allongés à l'eau à un dollar, posait des questions sur la concurrence et les revenus. Non, ce qui mettait Tyree hors de lui était qu'ils essayaient de débaucher ses employés.

— Je ne lui ai rien dit, précisa Tiffany, un peu surprise par le silence de son patron. Et honnêtement, je me fiche du montant de ma paie. J'aime travailler ici et au moins, je ne suis pas obligée de m'habiller comme une prostituée pour obtenir de meilleurs pourboires.

Il gloussa et elle fronça les sourcils.

— Par contre, s'il te plaît, ne baisse pas mon salaire d'un dollar.

— Je ne le ferai pas, la rassura Tyree. Et j'apprécie ta loyauté.

Il était sincère, même s'il la soupçonnait d'être davantage loyale à son attirance pour Éric – qui n'était plus un secret pour personne – qu'envers lui.

— Cela me fait chaud au cœur. Toutefois, je ne t'ai pas encore dit le plus important.

Elle se rapprocha de lui, comme si elle craignait que ses collègues écoutent de manière indiscrète leur conversation.

— J'ai de sérieuses raisons de croire qu'ils ont également abordé Aly et je sais qu'elle a des problèmes d'argent en ce moment. Je pense qu'elle va nous lâcher.

Merde.

Aly était une serveuse que Tyree avait récemment formée et promue au poste de barmaid. Que ce Steven Kane soit maudit s'il la débauchait.

— Je n'en suis pas certaine, souligna Tiffany. Je pensais seulement que tu devrais...

Puisqu'elle semblait sur le point d'éclater en sanglots, et que Tyree ne pouvait pas supporter davantage de larmes aujourd'hui, il posa une main ferme sur son épaule.

— Ce n'est pas grave. Occupe-toi des clients et laisse-moi m'inquiéter pour cela, d'accord ?

Elle hocha la tête, inspira pour reprendre le contrôle d'elle-même, et tourna les talons.

— Et, Tiffany ?

Elle regarda par-dessus son épaule.

— Tu as bien fait de me le dire.

Il lut du soulagement sur son visage et en ressentit lui-même également. Il avait accompli une bonne action aujourd'hui. S'il tuait Kane, cela effacerait-il son bon karma ? Il se renfrogna et chassa cette sombre pensée de son esprit, aussi tentante fût-elle. C'était probablement mieux de laisser ce connard respirer, mais il s'en était fallu de peu qu'il en décide autrement.

Alors qu'il revenait sur ses pas, il se surprit à parcourir la salle du regard à la recherche de la femme qui ressemblait tant à Éva. Mais elle avait disparu. Il soupira et se dirigea alors vers l'arrière du *Fix*, ne parvenant pas à dissiper le nuage de déception qui planait au-dessus de son cœur.

De retour à son bureau, il essaya de se concentrer sur les tâches banales qui requerraient son attention, mais n'y parvint pas. Ses yeux ne pouvaient se détacher de la photo encadrée qui surplombait son poste de travail ; une photo stupide d'Elijah qui faisait l'imbécile près de Teiko dans l'arrière-cour de leur maison.

Tyree se rappelait cet instant. Ce jour-là, il était sur leur balcon en train de se battre avec la caméra et quand il avait enfin trouvé les bons réglages, il l'avait appelée. Elle avait regardé vers lui, ses bras entourant le jeune garçon qui se tortillait pour échapper à son étreinte et les yeux remplis de tellement d'amour qu'il s'était presque figé au lieu d'appuyer sur le bouton.

C'était l'une des dernières photos qu'il avait prises d'elle.

Sa poitrine se serra quand le souvenir le submergea. Il l'avait tant aimée, et avait tant perdu lorsqu'elle était morte.

Doucement, il caressa du bout des doigts le visage de sa défunte épouse sur l'image.

— Tu me manques, murmura-t-il

Puis, il recula sa chaise pour se lever. Selon l'horloge

en forme de bouteille de bière accrochée au mur, il lui restait encore du temps avant l'heure à laquelle il avait prévu de partir. Mais Tyree avait embauché une bonne équipe, du personnel loyal. Il savait que son bar était entre de bonnes mains. Alors il céda à l'appel de sa maison qui était devenu trop fort pour qu'il continue de résister. Il avait besoin de revoir son fils, de l'avoir à ses côtés, et de quelques heures de calme.

Ensuite, demain...

Eh bien, demain arriverait comme il le faisait toujours.

Cette fois, quand Tyree sortit de la zone réservée aux employés pour entrer dans la salle principale, Reece avait pris la relève d'Éric et se trouvait derrière le comptoir. Il lui fit un signe de tête. Le visage du barman afficha une expression légèrement compatissante lorsqu'il remarqua que son ami se dirigeait vers la sortie.

Il avait presque atteint la porte quand Megan se précipita vers lui.

— Salut, déclara-t-elle. Je ne veux pas te retenir, mais je pourrai te voler quelques minutes de ton temps pour te parler demain avant l'ouverture ? Je voudrais seulement revoir quelques...

— Désolée, chérie, la coupa-t-il. Je ne serai pas de retour avant mercredi.

— Oh.

Il comprenait sa surprise. Tyree prenait rarement un jour de congé.

— Où vas-tu ?

— Mercredi, répéta-t-il.

Puis il partit sans se retourner. Toutefois, il entendit Megan demander :

— Où va-t-il ? Il s'absente de la ville ?

Juste avant que la porte du Fix se referme derrière lui, la voix douce et bienveillante de Reece parvint à ses oreilles.

— Il va voir sa femme.

État d'âme
Mister Mai

NOS BELLES ERREURS

UN EXTRAIT

je suis complètement foutu.

Cette pensée tourne en boucle dans ma tête et j'essaie de la repousser. De l'étouffer. De la faire taire. Parce que ce n'est vraiment pas le genre de pensées qu'un homme a envie d'entendre alors qu'il a sa langue dans la bouche d'une femme. Ni quand son petit corps chaud se presse contre lui. Ni quand sa queue est plus dure qu'il l'aurait cru possible et qu'il n'a qu'une seule envie, remonter les mains sur ses cuisses et sous sa jupe avant d'arracher sa culotte et se laisser chevaucher jusqu'à voir trente-six chandelles.

Mais cette pensée menace : *Foutu. Totalement, complètement, à cent pour cent... foutu.*

Parce que cette femme m'est interdite. Et plutôt deux fois qu'une. Aucune excuse possible. Zone gardée.

Bien sûr, si quelqu'un nous regardait, il ne s'en rendrait pas compte en ce moment. J'ai la main sur sa poitrine et elle se cambre. Entre mon pouce et mon index, je titille son téton tandis qu'elle se mordille la lèvre inférieure, émettant ces petits gémissements plaintifs qui me rendaient fou autrefois.

Apparemment, c'est encore le cas.

J'ai déjà dit que j'étais foutu ?

J'interromps le baiser, conscient que nous avons tous deux besoin de respirer, sans quoi je finirai par la baiser ici, contre la machine à laver. Le parfum de l'adoucissant se mêlera à l'odeur de sexe et de désir pendant que je la prendrai avec fougue, comme je rêve de le faire. Comme je sais qu'*elle* aussi rêve de le faire.

— Connor, *s'il te plaît*.

Mon prénom est une supplication sur ses lèvres et, pauvre de moi, je cède et prends sa bouche. Je suis prêt à tout pour voler encore quelques instants de bonheur éphémère.

— Oh, c'est bon, *oui*, murmure-t-elle en crispant les doigts dans mes cheveux.

Elle me grimpe presque dessus, relâchant son étreinte juste assez longtemps pour poser les fesses sur le couvercle de la machine à laver, refermant les jambes autour de ma taille.

Je passe une main sur sa nuque, mais l'autre reste posée sur la peau douce de sa cuisse. En ouvrant les yeux un instant, je vois que sa jupe est soulevée, révélant le tissu rose de sa culotte, où une tache sombre m'indique à quel point elle est humide.

Je gémis – cette femme pourrait-elle me torturer encore plus ? – et me retiens de glisser le doigt sur sa cuisse, en dépit de mon idée fixe : la sentir nue sous mon corps, son sexe chaud et moite, serré quand je la pénètre.

Je me rappelle la façon dont elle se mord la lèvre inférieure au moment de jouir, dont son corps se contracte autour de moi comme si elle pouvait me faire éclater telle une cerise trop mûre.

Je me rappelle ces instants de délice lorsque j'explosais en elle, puis la serrais contre moi pour inspirer le parfum frais et propre de ses cheveux tandis que nous sombrions dans le sommeil, sa peau chaude et souple contre moi.

Oh, bon sang...

Je ne suis pas seulement foutu. Je suis baisé. Complètement et intégralement baisé.

Parce que cette femme est la petite sœur de mon meilleur ami.

Et ce n'est pas tout, elle est aussi responsable administrative pour la société que je possède avec Pierce et mon frère. Imaginez la situation gênante lundi matin au bureau...

Mais la véritable cerise sur le gâteau, c'est qu'il s'agit de mon ex. La femme avec qui *j'ai* rompu. La fille que j'ai quittée pour une pléthore d'excellentes raisons, et notamment les quatorze années de différence d'âge que même nos corps-à-corps torrides ne pouvaient pas effacer.

Nous savions que l'attirance était toujours réelle, mais nous avions convenu que c'était terminé. Et depuis, nous avons su nous montrer plutôt matures à ce sujet.

Et voilà que je laisse deux martinis, un peu de champagne de fête et une dose généreuse de bourbon pur me conduire tout droit dans la buanderie, tout droit dans mon propre enfer au goût de paradis.

Je crois que c'est tout le dilemme du fruit défendu.

— Kerrie...

Avec douceur, je la repousse, mais une nouvelle bouffée de désir monte en moi quand je vois ses lèvres gonflées et la couleur sensuelle de ses joues.

— Juste une fois, chuchote-t-elle. Ensuite, on sort et on n'en reparle plus jamais.

Elle me prend la main et la passe sous sa jupe jusqu'à ce que mes doigts se retrouvent contre son sexe.

— S'il te plaît, Connor, murmure-t-elle. Pour le bon vieux temps ? J'ai tellement envie.

— On a dit qu'on ne...

Je n'ai pas le temps d'aller au bout de ma pensée, car elle pose sa main sur la mienne et écarte sa culotte. À présent, mes doigts sont sur sa vulve, son clitoris enflé et sensible sous mon index.

— Ne pense pas à nous. Dis-toi que c'est un service public. Et moi, je suis ton public conquis.

— Ils vont le savoir, dis-je.

Je sais très bien que l'orgasme la fera crier, et nos amis sont dans la pièce à côté, rassemblés dans le salon pour fêter les fiançailles de mon frère Cayden.

Mais je proteste uniquement pour la forme. Après tout, je reste un homme. Un homme capable de résister aux flots d'alcool qui submergent sa jugeote, peut-être, mais complètement impuissant devant cette furie. Et elle en est bien consciente.

Mon pouce s'active déjà sur son clitoris, mes doigts vont et viennent en elle. Si elle crie, elle devra étouffer elle-même le bruit, parce que j'ai trop envie de la goûter. Je dois m'assurer qu'elle est aussi bonne que dans mes souvenirs, même si je connais déjà la réponse. Comment pourrait-il en être autrement ? Après tout, cette femme est un véritable fruit défendu, et en me mettant à genoux, je n'ai qu'un seul désir, croquer une dernière bouchée de cette pomme.

— On ne devrait pas, murmuré-je.

Une dernière protestation bien futile et vaine.

— Je sais, répond-elle d'une voix tendue, éperdue. Je sais, répète-t-elle. Disons que c'est un autre adieu. Le dernier clou dans le cercueil. Je sais que c'est fini, tu l'as dit et je comprends. Mais pour l'instant, faisons semblant.

Je ne sais pas si je dois embrasser ces mots ou m'en éloigner. Tout ce que je sais, c'est Kerrie. Tout ce que je connais, c'est ce besoin violent et intense.

Alors que mon frère jumeau et sa fiancée jouent les hôtes parfaits auprès de nos amis, je glisse mes paumes sur les cuisses de Kerrie et les écarte un peu plus. Puis, pour ce qui sera définitivement et catégoriquement la toute dernière fois, j'enfouis mon visage entre les jambes de cette femme qui, autrefois, m'appartenait tout entière.

BLACKWELL-LYON SÉCURITÉ
Nos adorables mensonges
Nos drôles de jeux
Nos belles erreurs

Nos plus beaux rôles

À PROPOS DE L'AUTEUR

J. Kenner (alias Julie Kenner) est une auteure de best-sellers internationaux figurant aux classements des journaux *New York Times, USA Today, Publishers Weekly* et *Wall Street Journal*. Elle a écrit plus d'une centaine de romans, de romans courts et de nouvelles dans toutes sortes de genres littéraires.

Selon *Publishers Weekly*, JK est une auteure qui a un « don pour le dialogue et la création de personnages excentriques », et le *RT Bookclub* estime qu'elle a su « répondre aux besoins du marché en créant des antihéros scandaleusement attirants et dominateurs, et des femmes qui fondent pour eux. » Six fois finaliste de la prestigieuse récompense RITA (*Romance Writers of America*), JK a remporté son premier trophée RITA en 2014 pour son roman *Claim Me* (tome 2 de sa trilogie *Stark*) et le second en 2017 pour son roman *Wicked Dirty*. Elle a vendu des millions de livres, publiés dans plus de vingt langues.

Au cours de sa précédente carrière, JK a exercé comme avocate en Californie du Sud et au Texas. Elle vit actuellement dans le centre du Texas, avec son mari, ses deux filles et deux chats plutôt lunatiques.

Visitez son site web www.juliekenner.com pour en

savoir plus et pour entrer en contact avec JK sur les
réseaux sociaux !

www.jkenner.com